도읍지의 표정

윤이주 소설
도읍지의 표정

제1판 인쇄 2021년 7월 12일
제1판 발행 2021년 7월 26일

지은이 윤이주
펴낸이 윤이주
그린이 소현우
디자인 소현우
펴낸곳 도서출판 무늬
등록번호 제450-251002017000021호
등록주소 충남 공주시 교당길 21-13(산성동)
전화 041-881-2595
홈페이지 cafe.daum.net/muneui
전자우편 muneui@hanmal.net

ⓒ 윤이주
ISBN 978-89-969846-3-4 03810
값 12,000원

도읍지의 표정

윤이주 소설

무늬

차례

우리가 기다리는 의자는 언제 오는가

잠자리에서 제일 먼저 일어나는 건 늘 선우였다. 슬리핑백을 붙박이 옷장에 말아 넣고 아이가 부스스한 머리로 욕실로 향하면 그들도 슬리핑백에서 나와 딸애가 그랬던 것처럼 자리를 도르르 말아 순서대로 옷장에 넣고는 남편은 창으로, 제이는 주방으로 향했다. 남편이 남향 창 하나와 서향 창 두 개를 순서대로 여는 동안 제이는 주방환풍기를 틀고 담배 하나를 빼문다. 환풍기 아래에 쭈그리고 앉아 담배를 피울라치면 열흘째 감감무소식인 의자가 또 그렇게 아쉽다. 의자에 앉아 커피 한 잔 마시며 느긋하게 흡연을 즐기는 게 그렇게도 호사스런 일이었는지 새삼스럽기까지 하다.

모든 기기와 가구가 구비되어 있어 몸만 들어와도 된다는 이 원룸으로 그들이 배낭 하나씩을 메고 들어온 건 보름 전이었다. 식탁이 있으니 밥상을 따로 살 이유가 없어 닷새−닷새 동안 그들은 방바닥에 신문지를 깔고 배달된 음식을 먹거나 식탁에 서서 간단하게 끼니를 해결해야 했다−를 의논한 끝에 스크래치가 난 가구를 반값에 할인해 판다는 인터넷쇼핑몰에 의자 셋을 주문한 거였는데 게시판에다 배송독촉을 해도 댓글이 없었고, 수시로 전화를 걸어도 상담원과 연결되지 않고 녹음된 소리로만 넘어갔다.

"아무래도 먹튀 같지?"

남편이 딸애가 들어가 씻고 있는 욕실을 바라보며 소곤댄다.

"확실해. 나는 이래서 이런 거래가 싫은 거야. 뭔가 개운한 맛이 전혀 없잖아."

제이가 고개를 절레절레 흔들었다.

"이따가 열 시에 마지막으로 한 번 더 전화를 해보자고. 오늘도 상담원과 연결이 안 되면 환불조치를 취하라고 선우에게 말해야겠어."

"확실히 그렇게 해야 해."

제이는 이런 식의 구매가 불만이었지만 딸애는 하다못해 식료품까지도 인터넷쇼핑을 했다. 보름째 고개만 돌려도 눈이 마주치는 한방에서 동거하다 보니 딸애에 대해 새로운 걸 많이 알게 되었는데 쇼핑에 대한 감수성이 자신과 아주 다르다는 것도 그중 하나였다.

욕실에서 나던 물소리가 뚝 그친다. 부부는 새로 피워 문 담배를 서둘러 끄고는 재떨이로 쓰고 있는 두유 병뚜껑을 닫는다. 딸애가 머리를 말리고 바디로션을 바르고 옷을 입고 나오기까지 4~5분이 더 소요될 터, 열린 창으로 들어오는 바람과 환풍기가 열일을 해야 할 시간인 것이다.

"여보, 그나저나 오늘은 나가봐야 하는데, 당신은 어떡할래?"

남편이 물었다.

"나는 당연히 안 나가지. 당신은 겨우 보름 만에 다시 복귀한다는 거야? 실망스럽네."

시끄러운 환풍기 소리 탓에 제이의 목소리가 조금 높아졌다.

"어떤 식이 됐든 거길 마무리는 해야지. 당신 독감 핑계로 모임들을 미뤘지만 오늘 모임은 연초에 벌써 한 번 미룬 거잖아. 마지막 모임이라는 말이라도 전해야 도리지. 무슨 깊은 원한이 진 것도 아닌데."

"그렇긴 해."

아무 일 없던 것처럼 거기로 복귀해도 누구도 눈치를 채지 못할 것이다. 그러나 제이는 그럴 생각이 없다.

"내키지는 않지만, 거길 단번에 접을 순 없을 것 같아."

남편이 눈치를 보며 조심스럽게 말을 꺼냈다.

"그래, 알아. 그런데 당신, 거길 정리하긴 할 거야?"

"그 생각은 변함이 없지. 기간이 얼마 걸릴지가 문제지 뭐. 그 집 계약기간이 일 년 남았으니까 최장으로 잡아도 일 년 안엔 정리가 되겠지. 길어도 일 년이야. 당신은 여기서 좀 쉬어."

그랬다. 겨울방학을 맞아 내려온 딸애를 데리고 이 원룸형 공동주택으로 피신―추위로부터 도망친다는 이유가 가장 컸지만 제이는 사람들로부터도 도망치고 있었다―하기 전, 부부는 아래윗층 80평의 저택―바닥 길이 4미터 35센티미터 폭 2미터 73센티미터의 이 원룸에 비하면 저택 수준이었다―에서 5년을 살았다. 뒷마당이 있어 채소를 길러먹기 좋았으며 집 앞에 꾸민 화원은 골목을 지나는 사람들이 걸음을 멈출 정도로 근사했는데 무엇보다 그 집엔 맘 놓고 흡연할 곳이 구석구석 수두룩했다. 거기에서의 4년은 나쁠 게 없었다. 그러나 지난해부터가 문제였다. 딸애가 떠난 집은 적막하고 크기만 했다. 제이는 자주 우울감을 느꼈다. 빈 둥지 증후군 비슷한 증세였으리라. 마음이 허전해지자 몸에 자주 탈이 났다. 조용히 쉬고 싶다는 생각이 굴뚝같았다.

그 집은 살림집이라기보다는 사랑방에 가까웠다. 시도 때도 없이 사람들이 드나들었고 아래위층 가파른 내부계단을 오르내리느라 제이의 무릎에도 문제가 왔다. 음주량과 흡연량은 몸의 한계를 넘어선지 오래였다. 자주 토악질을 했고 자주 가슴이 답답했다. 평일, 휴일 구분 없이 휴대전화는 늘 불이 났고, 철에 한 번씩 사나흘 끙끙 앓아누운 때는 더욱 그랬다. 그런데도 살림은 나아지지 않았다. 월세집을 면치 못한 채 겨울은 춥고 여름은 더운 채로 지내야 했다. 그녀는 집이 미워지기 시작했다. 그러자 오가는 사람들까지 미워지는 거였다. 뜰 때가 온 거란 걸 제이는 알아챘다. 그러나 2만 권이나 되는 책을 가지고 어디 다른 데로 옮긴다는 건 불가능해 보였다. 집을 옮기게 된 지인들이 선의로 두고 간 가전제품이며 가구—그 집엔 의자도 많았다—도 큰 짐이었다.

그러다 연말에 덜컥 독감에 걸려 열흘을 끙끙 앓았는데 앓고 나니 세상까지는 아니더라도 그녀의 마음은 확 달라져 있었다. 한 시절이 끝난 걸 그녀는 알아챘다. 마음이 더욱 확고해졌다.

다시는 뒤를 돌아보지 않는 깨달음이 있다는데, 그걸 불퇴전이라고 하는 모양인데, 바로 그 불퇴전의 단계에 이르렀다는 느낌이 왔다. 다시는 이런저런 문제에 얽매이지 않을 나로 상승시켜야 하겠구나. 이전의 난 사람들에게 기대감을 갖고 미련을 두고 있었구나. 크게 앓고 나자 타인들에 대한 기대감이나 미련이 지워지고 오히려 자신이 해야 할 바와 도리 쪽으로 생각이 모아졌다. 독서회 회원들이나 동무들에 대한 기대감이나 미련이 자연스럽게 약화되는 거였다. 인간으로서의 기대와 연민이 없어졌다기보다는 기대감이나 연민으로 인한 원한이 엷어졌다는 말이 더 정확할 것이다. 물론 원망이 완전히 사라진 건 아니었다.

"당신이 어떻게 들을지 모르겠지만, 나는 우리가 심심하고 한가한 사람들의 놀이 친구 정도였다는 생각이 들어. 선생이니 멘토니 하는 말들에 필요 이상으로 매달린 거지. 그런데 생각을 해 보자고. 우리는 그들만큼 심심하지도 한가하지도 않아. 무엇보다 경제 수준을 봐봐. 그들에 비하면 우린 거지야. 누구와 비교하지 않아도 우리 생활은 거의 적빈 아닌가? 장학금이 없으면 하나뿐인 딸애 대학도 못 보낼 처지잖아. 사람들이 말이야, 처음엔 우리를 잘 모르니까 관심을 갖는 거더라고. 공간 내주지, 말 통하지 뭐, 괜찮은 사람들이다 싶을 거야. 하지만 우리의 경제 수준이 파악되면 우리를 하인처럼 부리잖아? 생각해 봐. 거기에서 사는 동안 늘 반복된 문제였어. 그렇지 않아? 물론 어디라고 안 그럴까 마는, 난 지역의 문제를 말하는 게 아니라 사람으로서의 도리를 말하는 거야. 당신이 아까 말한 그 도리."

"맞아. 당신 말이 맞아."

남편은 고개를 끄덕였지만 이 얘길 계속하고 싶지는 않은 듯했다. 딸아이가 욕실에서 나오자 이내 욕실로 들어갔는데 외출을 서두르는 눈치였다. 또 담배 핀 거야? 선우는 오늘 그 말을 하는 대신 환풍기만 노려본다. 방안의 공기가 조금 무거워서였을 것이다. 제이는 딸애가 노려보는 환풍기를 서둘러 끄고는 찬바람이 들어오는 세 개의 창을 가까운 순서대로 닫았다.

*

거리엔 두 부녀 외에는 아무도 없다. 이 시간이면 제이는 창밖으로 고개를 내밀고 부녀의 뒷모습을 좇는다. 오늘은 부녀가 횡단보도를 건너자마자 갈라진다. 남편은 왼편으로 아이는 오른편으로 걸음을 옮긴다. 남편은 버스를 두 번 갈아타고 그들이 보름 전에 떠나온 도시로 갈 것이고 아이는 350보를 걸어가 도서관에 이를 것이다. 걸음수로 거리를 재는 버릇이 있는 딸애는 이곳 공동주택들의 한쪽 면이 130보에서 150보 정도라는 것과 횡단보도는 20보나 40보로 건널 수 있다는 것, 저 횡단보도에서 도서관까지 350보라는 것을 말한 적이 있다.

고층아파트들이 새도시 외곽을 빙 둘러친 반면 행정관청과 인공호수와 도서관으로 대표되는 새도시의 중앙인 이곳엔 이런 공동주택 세 개가 있을 뿐이다. 각 건물 1층에 공히 편의점이 들어와 있지만 그 뿐이다. 상점이란 게 없다. 남편이 버스를 기다리고 있는 저 정류장에서 한 정류장을 나가면 식당가와 옷가게, 리빙숍까지 있다고 하나 제이는 아직 그곳엘 가보지 못했다. 이사 온 지 보름이나 되었지만 그녀는 두 사람을 따라 도서관을 한 번 다녀온 게 외출의 전부였다.

부녀는 이제 그녀의 시야에서 완전히 사라져 보이지 않는다. 제이는 창을 그대로 열어두고 주방으로 와 환풍기를 튼 뒤 싱크대 서랍에 넣어둔 두유병을 꺼내놓고 담배에 불을 붙인다. 어쩌면 이럴까? 걸터앉을 데가 하나도 없다. 냉장고 옆 서랍장에서 식탁을 빼어 보지만 앉기엔 불편한 높이다. 식탁을 도로 서랍장으로 밀어 넣고 냉장고와 세탁기 사이에 쭈그리고 앉아 담배 한 모금을 더 빨며 그녀가 시간을 확인한다. 아홉 시 오십오 분. 열시에서 다섯 시까지 상담원과 연결 가능하다는 전화번호를 노려보며 열 시가 되기를 기다린다. 이번에도 통화가 되지 않으면 딸애에게 통보를 해주기로 했다. 그러면 아이가 도서관에서 환불처리를 할 것이다. 딸애가 매일 이 시간에 도서관엘 가는 건 무료로 사용할 수 있는 와이파이 때문이었고, 남편은, 물론 지금은 도서관이 아닌 옛집으로 가고 있지만, 편히 앉아서 점심을 먹기 위해 도서관—4층에 식당이 있다고 했다—을 이용했다.

두 시간에서 두 시간 반 정도 이 방엔 그녀 혼자뿐이다. 이 시간에 그녀는 커피와 편의점 빵으로 간단히 끼니를 때우고 청소와 빨래를 한다. 그녀는 오늘도 노트북을 식탁에 꺼내 놓았지만 글은 한 줄도 쓰지 못한다. 의자가 없어서라는 핑계는 그야말로 핑계다. 그녀는 눈과 손의 거리를 여전히 좁히지 못하고 있다.

십여 년 전에 소설로 문단에 데뷔를 하긴 했는데, 남편이 꾸린 1인 출판사에서 4권의 소설책을 내기도 했지만 그녀는 그야말로 무명의 작가다. 눈만 높아지고 손은 한없이 무뎌진 쉰둘의 여자, 그게 그녀다.

무딘 손을 지닌 그 여자가 '의자'라고 저장된 번호를 누른다. 역시 오늘도 변함없이 기계음으로 넘어가겠지, 기대를 버리려는 찰나 '네, 여보세요?'하며 상대가 말을 건다. 녹음된 목소리가 아니다.

저기요. 네. 의자를 주문했거든요. 성함이 어떻게 되시나요? 아…. 성함이 어떻게 되시죠? 네, 송선우요. 잠깐만요, 502번 카키, 브라운, 블랙으로 주문하신 거 맞나요? 네. 오늘 세 시에 받아보실 수 있구요, 착불비 3만 원을 준비하시면 됩니다. 아, 네.

제이는 끊으라는 재촉을 받기라도 한 양 '감사합니다'를 작게 덧붙인 뒤 전화통화를 끝낸다. 전화를 끊고 나서야 그녀는 '그런데요, 왜 계속 배송준비중이라고만 떠 있던 거죠? 게시판엔 왜 댓글을 안 달아주셨던 겁니까? 구매자에게 아주 간단하게라도 그쪽 상황을 알려줄 순 없었나요?'라는 말을 큰소리로 했어야 했다고 후회했지만 의자가 오늘 오후 세 시에 배송된다는 기쁜 사실에 집중한다. 가족단톡방에 이 사실을 올리면서는 콧노래까지 흥얼댈 정도로 기분이 좋아진다. 대박. 헐. 정말이야? 축하축하. 점심만 먹고 바로 갈게. 문자들이 주르륵 올라오고 흥분을 표시하는 이모티콘이 가세하여 고요했던 그들의 단톡방이 모처럼 시끄럽게 들썩댄다.

갑자기 왜 순백의 접시가 왜 떠오른 건지. 가격이 괜찮다면 포크와 나이프세트도 세 개 사오자 싶다. 제이는 서둘러 코트를 걸치고 털모자를 쓰고 카드키를 지갑에 챙겨 넣고는 운동화를 신었다. 하지만 현관문을 선뜻 열 수가 없다. 외출을 하지 않았던 게 내 의지가 아니었던 걸까? 아득해진 그녀는 시간을 돌이켜본다. 1층에 있는 편의점이나 무인택배함이나 쓰레기장을 드나든 것도 딸애와 남편이었구나. 현관 앞에서 그녀는 완전히 바보가 된 기분으로 현관문과 대치하다 어렵사리 문을 민다.

복도는 고요하다. 현관을 나선 제이는 복도가 길다는 점에 좀 놀란다. 남쪽 끝방이니 승강기를 타려면 많은 문들을 지나야 한다. 복도를 걸어가는 동안 다른 집의 현관문이 열리지 않기를 바라며 그녀가 재게 걸음을 옮긴다. 그런데 무슨 생각인 거니? 승강기가 있는 오른편으로 걸음을 꺾어야 하는데도 제이는 내처 아무도 없는 복도 저쪽으로 이끌린다.

401에서 시작되어 436으로 끝나는 문패를 지닌 똑같은 문들이 마주보고 있는 T자형 복도를 두 번 왕복하는 제이. 신축한 지 1년이 되었다는 이 17층짜리 원룸형 공동주택의 4층을 처음엔 구조를 살펴보자는 빠른 걸음으로, 다음엔 좀 더 느긋하게 그녀가 저벅거린다. 413호 문엔 우편물 도착 안내서가 붙어 있고 423호 문엔 체납관리비 독촉장이 붙어 있을 뿐 정확히 똑같은 표정으로 굳게 닫힌 문들을 하나하나 살피며.

이 도시는 이 나라에서 가장 젊은 도시였다. 거주민의 평균 나이가 32세라고 했다. 32세의 젊은이들이 관공서에 출근을 해서 한참 일할 시간이기는 했지만 너무나 기묘한 고요였다. 복도를 두 번이나 거닐어도 누구와도 마주치지 않는다는 사실이 이상한 모험심을 발동시켰지만 제이는 승강기 버튼을 눌렀다. 몇 초 지나지 않아 승강기가 멈추고 문이 열렸는데 아무도 타고 있지 않았기에 안심하며 그녀는 안으로 발을 들이밀었다. 고속으로 1층에 도착한 승강기의 문이 열렸을 땐 그 앞에 사람이 서 있어서 그녀는 재빨리 승강기를 빠져나와야 했다. 역시 빠른 걸음으로 공동현관을 빠져나온 제이가 편의점에서 내놓은 플라스틱 의자들을 재빨리 지나쳐 반시간여 전에 남편과 아이가 나란히 걸어간 길로 들어섰다.

공동주택의 복도처럼 거리에도 사람 하나가 보이지 않았다. 세계종말 후의 폐허의 도시에 혼자 남겨진 기분까지 들지 않던 것은 간간이 골재를 싣고 육중한 소리를 내며 지나가는 트럭들 덕이었다. 거리에서 움직이는 것들은 그런 트럭들뿐이었는데 그녀는 그 느리고 육중한 움직임 덕에 계속 걸을 수 있었고 마침내 리빙숍에 도착해 직원 둘이 내는 하이톤의 환영을 받았다. 그들 중 누구라도 그녀를 따라다니며 구매를 거들었다면 금방 리빙숍을 나왔겠지만 다행스럽게도 직원들은 다른 손님을 상대하고 있었다.

리빙숍은 그녀가 생각한 저가의 그릇매장이 아니었다. 러시아, 잉글랜드, 터키, 이탈리아, 폴란드, 프로방스산 그릇들이 매장을 가득 채우고 있었는데 그녀가 생각한 가격에 최소 0 하나씩은 더 붙은 가격표를 달고서였다. 결국 그녀는 접시와 포크

대신 특가세일을 하는 프라이팬 세트를 사 들고 매장을 나왔다. 크기가 다른 프라이팬 세 개를 묶어서 삼만 원에 팔고 있었는데 삼만 원은 그녀가 세 개의 접시구매에 쓰려했던 상한금액이었다. 프라이팬은 그녀 같은 사람들을 위한 미끼 상품일 터. 메이드인차이나의 프라이팬을 접시처럼 사용할 게 아니라면 이런 소비는 해서는 안 되는 거였다. 그녀는 이 합리적이지 못한 소비에 대해 딸애에게 지청구를 듣겠다 싶었다. 게다가 그녀 마음을 몹시 불안케 하는 발자국 소리가 있었다. 그녀가 걸음에 속도를 높이자 비닐봉지 안에서 세 개의 프라이팬이 부딪쳐 쇳소리를 냈다. 그녀가 빨리 걷자 뒤따르는 걸음도 빨라졌고 뛰듯이 다가온 그자가 그녀의 등을 잡았다. 제이는 여차하면 프라이팬으로 상대를 후려칠 생각으로 등을 돌렸다.

선우였다.

비로소 제이의 얼굴 근육이 풀렸는데 덩달아 다리도 풀리며 비틀거렸다. 왜 이렇게 마음이 작아지고 약해졌는지. 제이는 딸애에게 안긴 꼴이었다.

"도서관 간 거 아니었어? 왜 이 쪽에서 와?"

제이가 괜히 딸애에게 볼멘소리로 투덜댔다.

"그럴 일이 좀 있었어."

프라이팬을 본 딸애의 얼굴에 역시나 물음표가 떴지만 다행히 이내 사라졌다. 아이의 손에도 비닐봉지가 하나 들려져 있었는데 커피점에서 파는 커피 두 잔과 부리또 두 개가 들어 있었다.

"엄마, 편의점에 들러 계란이나 사가자. 아, 식용유도 하나 사고. 프라이팬이 세 개나 있으니 우선 작은 팬을 써볼까? 엄마 계란 프라이 좋아하잖아. 아, 그리고 식빵도 다 떨어졌지? 그것도 사야겠네. 큰 팬엔 식빵을 굽자. 그리고 또, 베이컨도 있으면 사자. 중간크기 팬에 구우면 되겠다. 와우, 이제 곧 의자도 올 테고, 그럼 우리 이제 아침마다 식탁에 둘러앉아 '잉글리시 브렉퍼스트'하는 거야?"

아이가 호탕하게 웃기까지 했다. 위로인지 놀림인지 모를 웃음이었다.

"그래. 나도 그러려고 접시를 사러 간 건데 말이야."

"그랬어요? 잘했네, 잘했어. 그런 생각이었다면 접시보다 프라이팬이 더 필요했네 뭐. 굽고 볶고, 요리를 해먹을 수 있겠네, 이제. 편의점에서 일회용 접시라도 좀 사야겠다."

"아니야. 일회용 접시에 뜨거운 걸 놓기는 좀 그래. 건강에 해로울 거야. 아하! 아빠 들어올 때 집에 있는 접시 중에 좋은 걸로 세 개 가져오라고 하면 되겠다. 아, 왜 이 생각을 못했지? 집에 포크와 나이프 세트도 두 개나 있는데. 그것도 가지고 오라고 해야겠네. 포크는 엄청 많으니까 하나 골라오라고 하면 되겠고. 모자라는 나이프는 과일칼을 가져 오라고 하면 되겠다. 집에 있는 거 가져오라고 하면 되는 거였는데 아휴, 바보. 내가 이렇다니까."

"그것 보라고. 프라이팬을 아주 잘 산 거네. 잘했어. 프라이팬 안 샀으면 어쩔 뻔했어? 접시며 포크는 그래도 괜찮지. 아빠 말

20

이야, 프라이팬을 들고 버스를 두 번이나 갈아타고 오는 건 좀 아니잖아? 잘했어, 잘했어."

모녀는 봉지 하나씩을 덜렁거리며 공동주택 입구에 자리한 편의점으로 들어갔다. 이곳에서 지내는 내내 뿌루퉁해 있던 딸애가 오랜만에 환하게 웃어서 제이도 기분이 좋았다.

*

편의점에서 쓸어온 음식들을 냉장고에 집어넣고는 선 채로 딸애와 커피를 곁들여 부리또를 먹을 때였다.

"엄마, 나 이번엔 2인실이 됐네."

"기숙사 발표 난 거야?"

"응. 좀 전에. E하우스가 아니라 한우리집이긴 한데, 그래도 괜찮아. 음, 그랬구나. 이래서 한우리로 배정된 거구나."

휴대전화를 식탁에 내려놓은 아이 말인즉 이번에 기숙사 배정원칙이 좀 수정되었다고 한다. 서울거주 학생들 중에도 특별한 조건에 있는 신입생에 한해서는 기숙사를 배정해준다는 게 지난 학기에 이미 공지가 되었던 사안이라고.

"이제 선우도 2학년이 되는 거네. 기숙사비는 조금 싸겠다. 아무래도 신축기숙사가 더 비싸겠지?"

"잠깐만. 확인해볼게. 어, 정말 그러네. 이십만 원 넘게 저렴하다. 게다가 방도 더 집 같고 괜찮다. 자, 이런 구조거든."

아이가 보여주는 기숙사 방에도 여기처럼 햇살이 가득했다.

"선우야, 아무래도 플라톤이 옳아. 단, 거꾸로 옳아."

"응? 플라톤이? 무슨 말?"

"태양이 확실히 신적이긴 해. 모든 것의 이데아라고 플라톤이 그러잖아. 맞는 말이야. 단 관념의 신이 아니라 물질의 신이라는 것. 그러니까 태양에너지가 만물의 신인 거지. 봐. 이 햇살보다 더 강한 게 어딨어? 만물을 자라게 하는 게 바로 태양에너지잖아. 그렇지 않니?"

"저번 학기에 플라톤 배웠는데, 난 왜 플라톤에 대해 한 마디도 못하고 있지? 난 바본가 봐."

"에이, 왜 이러실까. 장학금도 받았으면서."

어제 딸애에게 과사무실로부터 통보가 왔다. 성적이 좋아 장학금을 받게 되었다는 거였다. 지난 두 학기 내내 선우는 나라에서 주는 장학금을 받아 등록금에 보탰다. 그런데 다음 학기엔 나머지 반액에 해당하는 장학금마저 받게 된 거였다. 다음 학기 등록금은 해결된 셈이었다.

"정말 애썼어. 선우, 너 엄청 잘하고 있는 거야. 그런데 엄마 아빠가 참 미안해. 너 이번 방학에 해외에 나가보고 싶다고 했잖아. 실은 그 여비를 조금씩 모았던 건데, 여기 이 방 보증금으로 다 써버렸네. 어쩌지?"

"괜찮아, 엄마. 나 여기 맘에 들어. 우린 좀 콤팩트해질 필요가 있어. 그 집은 너무 넓고 춥고 뭐가 너무 많잖아. 거기서 엄마 아빠 많이 힘들었을 거야. 나 혼자 여행갈 돈으로 우리 세 식구 함께 여행하는 거라면 난 대만족이야. 그리고 나 내일부터 알바도 하게 됐어. 하루에 8시간 일하면 8만 원 준대. 주말에 이틀 일하면 16만 원이야. 키즈카페에서 애들하고 같이 놀아주면 돼. 운동도 좀 해야 했는데 잘됐지 뭐."

"추운데, 그냥 살살 도서관이나 다니지?"

"지금 면접 보고 오는 길이거든. 나, 돈 벌 거야. 말리지 마. 열아홉도 스물도 아니고 나 스물한 살이야. 스물한 살이나 됐어. 나, 애기 아니라고. 벌써 스물한 살이라니까!"

스물한 살. 그래, 선우, 넌 더 이상 애기가 아니라고 생각되겠지만….

"대학엘 갔는데도 아직 연애도 못하고 난 진짜 한심한 거 같아. 남자랑은 언제 자 봐?"

"엄마한테 못 하는 말이 없어. 남자랑 자면 그 얘기도 할 거야?"

"헐. 엄마, 바보야? 그 얘길 왜 해?"

딸아이가 식탁 뒷정리를 하겠다고 나선 바람에 제이는 평소 남편의 자리인 서향 창 아래에 등을 기대고 앉아 설거지랍시고 하고 있는 딸애의 등을 가만히 바라보았다. 벌써 대학 2학년이 되는구나. 나의 대학 2학년은 어땠지? 아이는 참 이상한 존재야. 특히 엄마에게 딸애는 더 그렇지. 이렇게 불현듯 아이의 나이에 지나간 나의 시간이 겹쳐지곤 했지. 딸애를 키우는 엄마의 가장 큰 축복. 선우가 사내애였다면 남편이 그 축복을 누렸을까?

제이가 남편을 처음 만난 것은 대학 1학년 여름방학 때였다. 문고판 책으로 유명한 S출판사에서 대학생 아르바이트를 모집

했는데 10명쯤 되었던 아르바이트생 중에 한 학번 위인 그도 끼어있었다. 개화기에 서양인이 찍은 사진들을 모아 놓은 사진책을 파는 일이었는데, 출판사는 파격적으로 아르바이트생들을 지원했다. 책값의 이십 프로를 그들에게 주었으며 하루치 활동비를 무려 5천 원씩이나 지급했던 거였다. 고가의 책이었지만 책은 잘 팔렸다. 굳이 책을 여러 권 가지고 다닐 이유도 없었다. 견본을 보여주고 주문을 받아오면 출판사에서 직접 배송을 했다. 제이는 주로 방송 쪽과 예술가들을 공략했고 판매실적이 가장 좋았다. 그때 이름만 대도 아는 배우들과 작가들을 만난 건 기분 좋은 덤이었다.

비가 오는 어느 날, 제이와 같은 지하철을 탄 서너 명이 의기투합하여 신촌 지하철역 사물함에 거추장스러운 견본의 책을 몰아넣은 뒤 활동비를 추렴하여 신나게 먹고 마시며 농땡이를 친 적이 있었다. 남편도 그 비 오는 날의 농땡이 멤버였다. 제이의 아르바이트는 그해 여름에 끝이 났지만 또 다른 대학생들이 다음 해 그다음 해에도 개화기 사진첩을 들고 다니며 책을 파는 걸 보았다.

그를 다시 만난 건 다음 해 유월이었다. 스크럼을 짜고 걷는 학생들에게 거리에 나와 섰던 시민들이 박수를 쳐주었고 신이 난 학생들은 우르르 몰려다니며 구호를 외치고 노래를 불렀다. 거기 시청 앞에서 스크럼을 짜고 뛰어오는 한 무리의 남학생들 속에서 그를 보았다. 서로를 알아보고 활짝 웃었지만 두 학생은 잠시 멈추어 서서 안부를 나눌 수는 없었다. 맹렬한 대오 속을 빠져나갈 수 없어서였다. 어깨를 걸고 있어 피차 고개만 끄덕거린 채 스치어 지났다. 그날 그들은 우연히 다시 만났는데 지랄탄을 피해 제이가 들어간 성공회 성당 안에 역시 최루탄을 피해 들어온 그가 있었던 거였다. 성당 안으로 백골단이 쳐들어 왔을 때, 그녀의 손을 잡고 달음박질을 친 것도 그였다. 그날 밤, 제이는 처음으로 남자와 잤다.

제이와 그의 연애는 그가 군대를 가지 않을 작정으로 큰일 하나를 터트려 감옥에 가기 전까지 이어졌다. 대학 졸업반이던 제이는 감옥에 가 있는 그에게 한 번도 면회를 가지 않았다. 그는 감옥에서 매주 엽서를 보내왔지만 제이는 아무런 답장도 하지 않았다. 그의 후배들이 찾아와 면회를 종용했을 때엔 불같이 성을 내기도 했다. 삼년을 복역한 그가 출소를 할 때도 전화를 해온 사람이 있었으나 역시 제이는 가지 않았다. 그런 그를 제이가 다시 만난 건 93년 여름이었다. 제이는 뒤늦게 시를 써보겠다고 한 단체의 시창작교실에 등록을 했는데 거기에 그가 있었다. 학교에 복적이 허가된 그는 각 장르의 진보적인 예술인이 연합하여 활동하는 단체의 총무간사로 일하고 있었다. 너무나 우연적인 이 만남을 제이는 운명으로 생각하기로 했다. 그날로부터 4년간 헤어지고 다시 만나길 반복하다가 97년 오월 두 사람은 결혼했다. 시민단체간사 월급으로 어렵게 거대도시 귀퉁이에서 2년을 더 살다가 한 세기가 끝나가던 99년 시월에 돌쟁이를 업고 아무 연고도 없는 곳으로 지금처럼 아무런 대책 없이 내려와 18~9년을 살았다. 저 도시에서 사는 동안 평균 2년에 한 번씩 이사를 하며 버텼다. 계절로 치자면 끝나지 않을 것 같은 혹독한 겨울이었다.

*

정확히 세 시에 배달된 의자는 아주 훌륭했다. 카키, 브라운, 블랙의 칼라는 서로 절묘하게 잘 어울렸고 심플한 디자인에 견고하기까지 했으며 착석의 느낌마저도 훌륭했다. 모녀는 식탁에 의자를 놓고 공연히 앉았다 일어섰다 하며 신문물을 대하는 감회에 젖어 킬킬댔다. 그런데 일어서며 뒤로 살짝 밀기만 해도 의자가 바닥과 부딪쳐 소리를 내는 바람에 신경이 여간 곤두서는 게 아니었다. 이 공동주택의 승강기 안엔 층간소음과 흡연에 대해 당부하는 안내문이 가득했던 터였다. 의자다리에 부직포를 붙이면 될 것 같다며 선우가 없는 게 없는 편의점을 다녀오마고 나갔다.

편의점엘 간다던 딸애가 낑낑거리며 책상 하나를 들고 왔다. 수거 딱지가 붙은 가로세로 60센티미터의 멀쩡한 책상이 아이가 늘 등을 기대고 있던 남향과 서향 창이 만나는 모퉁이에 놓였다. 식탁 앞에 있던 갈색 의자가 그쪽으로 이동되었고 드디어 책상 위로 아이패드―대학입학 선물을 준 사람이 누구였지?―가 놓였다. 세 시간 동안 데이터를 무제한으로 쓰는 통신요금이어서 아이는 늘 이 시간에 게임에 열중했는데, 의자에 앉기 무섭게 아이는 가상의 공간으로 들어가고 있었다.

제이는 입을 꾹 다문 채 눈살을 찌푸렸다. 주방 쪽에 놓인 카키색의 의자에 앉아 일부러 등을 기대느라 노트북을 앞으로 바짝 끌어오다가 띄어놓은 한글의 껌뻑대는 커서와 눈이 마주쳤다. 의자는 퍽 편안했다. 하지만 그녀는 단 하나의 자음도 타자하지 못했다. 그녀는 노트북을 덮어 식탁 곁에 붙은 서랍장에 집어넣었다. 한 손으로 턱을 괸 채 게임에 몰두해 있는 아이의 등을 바라보거나 태양빛을 반사하는 창을 바라보며 내내 눈살을 찌푸렸다.

휴대폰에 긴급안전안내 문자가 떠서야 제이의 시선이 아이의 등에서 거두어졌다. 이곳 시청에서 보낸 문자였다. 16시 현재 한파주의보가 발령되었으니 노약자는 외출을 자제하고 동파방지와 화제예방에 주의하란 문자였다.

"이 특별자치시청은 내가 이곳에 있는지를 어떻게 아는 거지?"

그녀는 다섯 걸음 저쪽에 등을 보이고 앉은 딸애에게 물었다.

"엄마가 휴대폰 위치정보를 켰나보지."

아이가 대답했다.

"아, 그거였구나."

"요즘은 그런 세상이야. 그래서 내가 노트북 카메라를 늘 가려두는 거라구. 누가 원격으로 여길 살필 수도 있단 생각을 하면 어휴, 무서워."

딸애는 멋진 캠핑장을 꾸미기 위해 동물친구들이 원하는 물고기를 잡고 과일을 따고 곤충을 잡아서는 그들로부터 필요한 재료를 구하고 약간의 돈을 받기도 하면서도 그녀의 궁금증을 해소해 주었다.

다섯 걸음을 옮겨가 딸애가 하는 게임을 그녀가 들여다 본 것은 별 뜻이 있어서는 아니었다. 서쪽하늘에서 빛 무더기를 쏟아붓는 해에게 이끌렸던 건지도 모르겠다.

딸애의 캐릭터가 빙그르르 돌며 옷을 갈아입더니 곤충뜰채를 메고 이동을 하고 있었다.

"다른 지역으로 가서 곤충채집하려는 거야."

"흐흐흐."

"왜? 선우의 삶이 너무 잉여 같아?"

"흐흐흐."

커다란 나무에 붙은 곤충을 뜰채로 잡아내는 딸애 캐릭터의 스윙엔 무언가 시원하고 명쾌한 기운이 서려 있었다. 흐흐흐. 그녀는 그저 웃고 만다. 상투처럼 머리를 묶은 딸애 캐릭터를 향해 다가오는 다른 캐릭터를 보고 그녀가 딸애에게 묻는다.

"이 사람은 뭐니?"

"음. 진짜로 궁금한 거야? 그럼 이리로 의자를 가져와서 구경할래?"

그녀는 등받이가 있어 착석감이 좋은 의자를 가져와 딸애 곁에 앉았다.

"이게 내 캐릭터야."

"그건 알겠어."

"애 말고도 다른 캐릭터가 지금처럼 랜덤으로 뜨기도 해. 그러면 서로 인사를 나누고 초대를 할 수도 있어. 봐봐. 지금처럼 말이야. 이제 쟤와 난 친구가 된 거야. 한번 만날 때는 우연이지만, 만나면 친구신청을 할 수 있는데 친구가 되면 아무 때나 찾아갈 수 있고 정원에 물을 준다든지 하며 서로 일을 도와줄 수도 있어. 이 게임에서 이 사람들도 분명 하나의 요소이기는 한데 더 중요한 건 주로 만나는 동물친구들이야.

그리고 무엇보다 중요한 건 지역 구분이 확실하다는 거야. 한 지역에 동물 하나와 사람 하나가 있어. 그것이 시작점이야. 세 시간마다 지역에 있는 애들이 바뀌어. 처음에 시작할 때는 모든 사람들이 랜덤인데 친구가 생기고 많아지면 그 지역에 나타나는 사람들이 친구들로 조금씩 바뀐다는 거지. 그럼에도 불구하고 모르는 사람이 여전히 나타나긴 해. 동물들도 세 시간마다 바뀌는데 내 캠핑장에 초대한 동물들은 내 캠핑장 외에 다른 지역으로 가지 않아. 그 애들이 좋아하는 게 내 캠핑장에 다 있거든. 아직 초대를 하지 않은 동물들만 지역에 나타나는 거야. 뭔지 알겠어?"

제 엄마 머릿속이 복잡하다는 게 감지되었던가 보았다. 딸애가 잠시 제이를 바라보다가 화면으로 눈을 돌리며 제 캐릭터를 물가로 이동시킨다.

"그러니까 엄마는 지금 이 게임의 목표랄지 내가 이 게임을 하는 동기가 궁금한 거지?"

"응."

"음. 이 게임의 목표라…. 이 게임의 목표는, 그러니까 모든 동물을 다 내 캠핑장에 초대하려는 게 아닐까? 내가 이 게임을 하는 동기는 음, 그러니까 내가 가상의 세계에서 무언가를 하는 이유는 말이야. 실제로 건축을 하거나 인테리어를 하는 건 힘들잖아. 하지만 이런 가상의 공간이 할당되어 있다면 어떻겠어? 내 공간이란 느낌을 받고 자유롭게 그 공간을 꾸밀 수 있다는 게 난 재미있어. 콤팩트하거든. 전체가 한눈에 파악이 되고 애착이 생겨나지. 더 재밌는 점은 재료나 가구가, 아이템이 말이야, 한정되어 있다는 거야. 아이템은 한정되어 있지만 그것들을 잘 조합해서 자기만의 무엇을 꾸며내는 거, 이게 이 게임의 조건이거든. 여기서도 창작의 기쁨을 느낄 수가 있어. 내가 우주선 게임을 할 때는 나의 센스 같은 것을 과시할 수도 있었어. 이런 저런 게임을 하면서 내가 어떤 것을 좋아하는지 알아가는 계기를 만난다고 한다면 엄마는 웃을라나? 어쨌거나 나는 같은 게임을 하는 다른 친구들의 우주선이나 캠핑장을 보면서 그 친구들의 분위기나 취향을 알아가는 게 퍽 재밌어. 특히 아는 사람이랑 같이 게임을 하다보면 그 사람의 캠프나 우주선을 통해 그 사람을 한꺼번에 알 수도 있어. 일전에 친구랑 우주선 게임을 했는데, 나는 우주선을 안방, 창고, 손님방, 화장실을 갖춘 사람들이 사는 현실의 집처럼 꾸몄는데, 그 친구는 컬렉션을 만들더라. 진짜 현실에 존재하는 공간이 아니라 전시장 같았어. 전리품이 놓인 전시장. 그래서 그 애의 취향이나 성격의 단서를 볼 수 있었지.

엄마, 어떤 느낌인지 알겠어? 그러니까 자기가 파악하고 느끼는 대상들이 부피적으로 콤팩트할 수가 있다는 게 이해가 돼? 실제로는 커서 한눈에 다가오지 않는 것들이 한눈에 파악이 되는 그 느낌이나 정서를 알겠어?"

"지배자가 되는 느낌인 거니?"

"음…. 힘을 내 맘대로 휘두를 수 있어서 좋은 게 아니라 이 주어진 세계에 내가 잘 적응하고 있다는 점이 좋은 거야. 주어진 세계가 있다는 점이 좋아. 늘 뭔가가 똑같을 거라는 안심이 되거든. 잘 적응하고 있다는 안심 같은 것이 중요해. 게임에서 가장 중요한 게 적응을 잘 시키는 거라고 생각하거든. 게임은 현실의 대체라기보다는 일종의 수단이라고 생각해. 게임도 이야기를 효과적으로 전달할 수 있는 수단이겠구나 싶어. 굳이 현실을 버리고 게임에서 적응을 찾는다 이런 게 아니라 소설을 읽고 음악을 듣는 것처럼 하나의 향유할 수 있는 대상이다, 이거지. 게임이란 이름으로 묶이긴 하지만 그 방식은 무궁무진 다양하거든. 이런 컴퓨터 게임만 그런 게 아니야. 보드게임도 그래. 하지만 컴퓨터게임은 프로그래밍이 결합되면서 가능성이 훨씬 다양해졌어. 그래서 게임을 제대로 즐길 수 있으려면 똑똑해야 한다고 생각해. 왜냐면 그래야 한 게임 안에 있는 많은 것들을 볼 수 있거든. 다시 말하자면 게임은 내가 세상을 바라보는 중요한 도구란 점이야. 아쉬운 건 조금만 정서가 달라도 사람들이 헤맬 수가 있다는 건데, 지금 엄마처럼 말이야. 엄마는 게임에 관한 정서가 나랑은 아주 다르잖아. 그 점이 아쉽지만 오히려 그 지점 때문에 같은 정서의 사람들에게는 강렬한 유대가 생겨나는 거지.

엄마는 이런 게임을 시답지 않은 놀이, 시간을 죽이는 놀이쯤으로 여기는 것 같지만 나는 이 세계를 통해 나를 표현하고 연대하고 즐기고 있다는 거지."

아이가 갑자기 말을 멈췄을 때, 제이는 상당히 당황했다. 딸애가 하는 말 하나하나가 그녀를 자극했다. 딸애의 말에 그처럼 열중한 때가 있었나? 난 게임에 대한 정서 자체가 없는 사람이었구나. 제이는 게임을 하는 딸애를 노려보거나 했던 것이 몹시도 미안해졌으며 당장 사과라도 하고 싶었지만 다만 "음, 그렇구나."했을 뿐이었다.

서쪽 하늘이 심상치 않았다. 태양이 몹시도 황홀한 일몰을 준비하는 모양이었다.

*

다음날 아침 딸애와 제이가 식탁에 앉아 모닝커피 한 잔을 할 때였다. 스르륵, 도어락 풀리는 소리와 함께 현관문이 열렸다. 그곳으로부터 남편이 돌아온 거였다.

남편이 접시 세 개와 포크 세 개를 가방에서 꺼내어 개수대로 향하자 딸애가 커피 잔 두 개를 들고 일어서며 개수대에 합류했다. 제이도 의자를 밀어 넣고 일어나 싱크대 서랍에서 프라이팬과 버너를 꺼냈다. 열선 동그라미에 꼭 맞는 두 개의 프라이팬은 인덕션 히터 위로, 남은 프라이팬은 버너 위로 올린 뒤 냉장고 문을 열고 계란과 베이컨을 꺼냈다. 딸애는 식빵을 구웠고, 남편은 키친타월로 접시의 물기를 닦았다. 좁은 주방에서 이리 저리 부딪칠 때마다 세 식구는 서로를 바라보며 킥킥댔다.

바야흐로 '잉글리시 브렉퍼스트'가 시작될 참이었다. 그러자면 우선은 각자가 고른 카키, 브라운, 블랙의 의자에 앉아야 했고 그들은 마침내 그들을 기다리고 있는 의자에 앉았다.

타다닥 탁탁 타다닥 탁 타 타다닥 탁탁 타다닥 탁 탁 타다닥 탁 탁 타다닥 탁 탁 탁. 깍깍깍 쨋쨋쨋 타다닥 쨋쨋 깍깍깍 탁 탁 탁 쓰읍쓥 찌르르.

　플라스틱 골판지붕 위로 진눈깨비 떨어지는 소리와 새울음이 섞여 한참을 들리더니 진눈깨비는 어느새 싸락눈으로 나풀댔고 새울음도 어스름 저편으로 사라졌다. 소리가 사라지자 y의 몸이 이스트가 들어간 빵 반죽처럼 다시 부풀어 벌써 2인용 소파를 가득 채우고 바닥으로 흘러넘치기 시작한다.

　"택뱁니다. 대문 앞에 두고 갈게요."

　택배기사 안명신 씨의 씩씩한 목소리는 언제나 사람을 기분좋게 만든다. 경쾌한 목소리가 닿자 y의 몸이 피유— 바람 빠지는 소리를 낸다. 늘어졌던 피부가 착착 줄어든다. 알맞은 몸이된 그녀가 소리의 통로였던 창문을 닫고 부엌으로 나온다. 반죽기가 왔으니 달걀과 밀가루와 우유와 버터, 그리고 또 뭐가 필요하지? 어스름 속으로 사라지는 눈송이들의 자취를 부엌 창으로 더듬으며 그녀가 중얼거리자 내일이면 스물넷이 되는 딸애

가 "딸기" 하며 전등 스위치를 켠다. 실내가 또렷해지며 벽 한
쪽을 꽉 채워 자란 마삭줄 이파리에 머금긴 윤기와 현관 입구에
나란히 걸린 마스크가 선명히 드러난다. 매듭을 지어 구분한 제
마스크를 쓴 y가 현관을 열고 대여섯 걸음을 옮겨 녹슨 철대문
을 연다. 니야옹. 반죽기 상자를 집어 들고 어둑한 비탈길을 훑
어보지만 나미네는 보이지 않는다. 간혹 그들의 울음소리는 들
려오는데 그들의 모습은 통 보이지 않는다. 나미네 가족은 이제
거처를 옮긴 걸까? 화분들이 실내로 옮겨지자 나미네도 이 골목
에서 사라졌다(고 그녀는 생각한다).

"우리 집은 온수도 나옵니다."

딸애가 쌀을 씻으며 노래를 흥얼거린다. 저녁은 간단하게 무
스비를 해먹을 참이다. 이른 저녁을 먹고 나서 세 식구는 본격
적으로 생크림딸기케이크 제작에 돌입할 것이다. 매식 없이 세
끼 식사를 만들어 먹게 되자 메뉴의 단조로움이 금방 드러났으
며 식사를 준비하는 일에도 재미가 없어졌다. 이틀에 한 끼니는
부녀가 좋아하는 빵으로 대체했는데 집 밖으로 나가는 일이 점
점 더 어려워져서 시험 삼아 집에 있는 밀가루와 밤을 이용해
모녀가 밤빵 하나를 구워봤던 게 제빵의 시작이었다. 이제는 직
접 구운 빵으로 한 끼를 해결하는 재미가 붙어 끼니를 장만하는
일이 단조롭지만은 않았다.

가능하면 집에 머물라는 권고가 아니더라도 혼자 지내는 노
인네들이 대부분인 이 산동네 주민들은 좀처럼 집 밖에서 음식
을 조달하지 않는다. 노인네 걸음이더라도 10분이면 뒤집어쓰

는 거리에 큰 시장이 있지만 내리막과 오르막의 가파른 경사가 부담스럽기도 하거니와 뒤쪽 산비탈에 작은 텃밭들을 일궈 필요한 채소를 길러 먹고 있는 까닭이다.

구글 지도에도 네 개의 도로가 만나는 너른 마당까지만 잡혀서 음식을 배달시켜도 중간 통화 없이 제대로 온 적이 없고 정화조를 치우려면 업체에 사정사정을 해야 하며 휴대전화도 종종 끊기는 곳. 큰길에 실핏줄처럼 골목을 대고 있지만 좁은 골목이 숨기고 있는 십여 호 남짓의 이 산동네는 뒤로 백제 왕궁터였던 산성과 등을 대고 있어 시내를 마주한 앞과는 차원이 다른 고요가 감돌아 괴괴한 느낌마저 든다. 어둠이 내리면 고요는 더 깊어진다. 그러면 동네 끝자락에 자리한 이 집 식구들도 그 고요의 무게를 어깨로 받아내느라 무겁게 입을 닫게 된다. 저쪽 작은 방에서 조용하게 책을 보고 있는 이 집 가장인 s 역시 아무런 기척이 없다. 책장 넘기는 소리쯤은 들려도 좋으련만.

"그래, 내가 해줄게. 하와이안 무스비."

다행스럽게도 중년의 부부에겐 무거운 고요를 헤집어 소리를 생성시킬 줄 아는 딸애가 있다. 그렇더라도 장소를 일깨우는 물소리와 콧노래가 잠시 멎을 때가 있는데 그때마다 y는 다시 제 몸피가 부푸는 낌새에 놀란다. 난로 앞에 앉아 무연히 딸애 등을 바라보던 y가 서둘러 일어난다. 냉장고로 향하는 그녀의 발목엔 압박붕대가, 맥주캔을 꺼내 든 손목에도 붕대가 동여매어져 있다. 앉았다 일어날 때에 바닥을 짚게 되는 손목과 무거운 몸을 떠받치는 두 발목은 이상하게도 가늘어서 늘었다 줄었다 하는 체중을 감당하기가 벅찼다.

　가능하면 집 밖으로 나가지 않기. 서로 만나지 말기. 매일 수시로 문자가 쏟아졌다. 이즈음엔 해넘이와 해맞이 명소에도 금줄이 쳐졌다. 그것이 서로를 지키는 최선의 방책이어서 간혹 이 집을 오가던 발걸음도 아예 끊어졌다. 늘어났다 줄어들었다 하는 몸을 들킬 염려는 줄었으나 불안정한 몸을 들키더라도 y는 친구와 마주앉아 목소리를 나눴으면 싶었다.

　두 달이나 이어진 장마가 끝난 여름 아침이었다. 여느 날처럼 눈을 떴지만 y는 잠자리에서 일어날 수가 없었다. 천정까지 방안 가득 저의 살들이 빈틈없이 채워져 있었다. 그녀는 두 시간 동안 방안을 가득 채운 살들을 접느라 고투했다. 우선 무서웠고 다음은 부끄러웠고 그 뒤엔 내내 절망했고 불안했다. 아내의 늦잠을 깨우러 아래층에서 올라온 s의 기척이 아니었다면, 게으른 참새 몇이 늦은 비행을 하지 않았더라면, 오두막집 백구가 멀리서 들리는 사이렌 소리를 흉내 내지 않았더라면 y는 늘어난 살에 압사당했을지도 모른다. 그날부터였다. 몸이 늘어났다 줄어졌다 불안정해졌다. 다행히도 그녀는 사람들의 기척으로 제 몸이 알맞게 유지된다는 걸 곧 알게 되었다. 사람들의 기척만이 아니라 무수한 생의 기척에도 몸은 알맞게 잘 유지되었다. 이 사실을 남편과 딸애에게 알렸는데 딸애는 y의 말을 그대로 믿었지만 남편은 은유라고 여겼다가 곧 사실로 받아들여야 했다. 부녀가 살뜰하게 기척을 내주었지만 지칠 대로 지쳐 음악을 틀어놓거나 티비를 켜놓기도 했는데 그 효과는 미미했다. 그렇더라도 아주 효과가 없는 건 아니었으나 압사를 막을 뿐이지 몸에 새 에너지를 넣어주지는 못했다.

"엄마 이거 그냥 먹어, 아."

딸애가 y의 입을 벌리며 얇게 썰다 망가진 오이 한 조각을 강제로 먹여주더니 "지단도 부쳐야겠다" 하며 이상한 춤사위를 얹어 저쪽 다용도실로 향한다. 작은 냉장고로 들어가지 못한 계란 한 판과 배추 한 통, 무 두 개 그리고 양파 자루가 난방 안 되는 다용도실 한쪽에 놓여있는 까닭이다.

y는 조리대에 스팸 한 캔을 놓고 다시 난로 앞에 앉는다. 어제 저녁 이 자리에서 잡지의 편집위원인 동무로부터 청탁 전화를 받았다. 한 달 안으로 소설 한 편을 써서 보내야 한다는 말에 딸애는 세끼 밥을 담당하겠다고 나섰는데 그래서 y는 더욱더 어정쩡하게 아무 소리도 낼 수가 없게 되었다. 타닥타닥. 자판을 두드리는 소리를 낼 수 있다면 몸이 좀 안정을 찾을 텐데, 그 소리를 낼 엄두가 안 난다. 3년 만에 온 청탁이 반가웠지만 올해는 단 한 번도 자판을 두드려 무언가를 쓰는 소리를 낸 적이 없던 까닭에 장비들이 어디에 있는지도 감감하다(고 과장하여 오늘 아침에도 푸념을 했었다).

"이렇게 하는 게 아닌가? 풀어서 하는 건가? 아냐! 난 내 식대로 할 거야. 마이 웨이."

딸애가 콧노래를 다시 흥얼거린다.

주방 씽크대에 뒷모습을 보이고 서서 노랠 부르는 딸애와 딸애를 보고 앉아 맥주를 홀짝대는 y와 부엌에서 이어진 저쪽 방의 구석에 숨겨져 보이지 않는 s까지 세 식구는 기차처럼 거의 일직선에 놓여있는데 소리들은 모두 딸애로부터 비롯되는 중이다. 딸애가 신나서 부르는 노래가 흥겹게 울려 퍼지는 가운데에 y의 몸피는 식탁 의자에 딱 맞게 안정된다.

"괜찮아! 이게 뭘까? 지단은 개 망했구요. 그래도 괜찮아! 자신감을 가져라!"

딸애는 큰 소리로 주문을 걸지만 망한 지단은 이미 방법이 없을 것인데.

"괜찮아. 방법은 하나뿐이다. 방법은 있다. 아예 다져버리는 거야! 그러면 모양이 오히려 잘 잡힐 거야!"

탁 탁 탁 탁 도마와 칼이 만나는 경쾌한 소리.

"딩동."

밥솥을 연 딸애가 "한 주걱, 두 주걱, 세 주걱, 네 주걱만 할 거야." 하더니 양푼 위로 깨를 뿌리며 "챔기름" 하면서 씽크대 문을 여닫고는 "위생장갑이 어디 있는 줄만 알려주면 내가 갖다 쓸게."한다.

y가 의자를 빼고 일어나 씽크대 서랍에서 비닐장갑 두 개를 꺼내어 준다.

"땡큐, 맘. 음, 소금간도 완벽하고."

일종의 네모난 김밥인 하와이안 무스비가 조금 뒤면 식탁에 오를 모양인데 힐끗 모친을 바라보는 아이 눈에 물이 고인다.

"나도 가끔 그럴 때가 있어, 엄마. 상상에 빠져 있다 보면 오브제가 막 늘어나서, 걷잡을 수 없이 늘어나는데, 마구마구 커지는데, 정비율로 커지는 것도 아닌데, 그 덩어리가 눈앞을 꽉 채울 때가 있어. 그런데 그 부피감이 정말로 실제같이 느껴지곤 해."

내내 짱짱하던 딸애의 목소리가 흔들린다.

*

눈송이가 나풀대는 골목으로 살금살금 애기 고양이가 들어선다. 자리가 없어 실내로 들이지 못한 기다란 국화 화분이 놓인 산 아래 두 번째 집 담으로 다가서는 흰 바탕에 검은 점박이인 이 애기 고양이 이름은 나미다. 나미는 오동나무길을 돌아다니다가 고갯마루길로 옮겨 탔고 고개 날망에서 숨은 길로 들어와 내리막길에 접어들며 가만히 한 발을 든 채 멈칫거렸는데 낯선 발소리에 놀라서였다. 하기사 나미에게 발소리는 늘 낯설었고 위협이었다. 그나마 지금처럼 냄새가 익숙하면―나미를 지나쳐 택배기사 안명신 씨가 너른 공터에 세워둔 트럭으로 바삐 걸음을 옮기는 중이었다―다시 발을 옮길 수 있었다.

엄마는 노골적으로 나미와 형제들을 밀어냈다. 그리하여 달포 전부터 다섯 남매는 각자 먹이를 찾아 나서야 했다. 하긴 석달이나 꼬박 엄마의 젖을 빨아댔으니 그쯤 했으면 엄마도 질릴만했다. 문제는 언니 오빠들보다 작고 약한 저의 문제였다. 게을러서 빨리 자라지 못한 건지도 모른다. 막둥이로 태어난 나미는 생후 5개월이나 되었으나 발육이 더뎠다.

피유— 언 국화꽃에서 코를 떼며 나미가 숨을 토한다. 이제 좀 놀란 마음이 진정된다. 쌕쌕이 삼촌은 금방 숨이 끊어졌다. 삼촌은 내리막을 내려오는 검은색 자동차를 비켜 갈 수 있다고 믿은 게 분명했다. 그러면 안 된다고 엄마는 늘 말했었다.

"우리는 우리가 엄청 빠르다고 생각하는 경향이 있단다. 달려오는 차를 보고도 피할 수 있다고 생각하지. 하지만 우리는 자동차를 피하지 못할 때가 많단다. 얘들아, 그러면 쫑쫑이 형처럼 그렇게 목숨을 잃게 된단다. 그러니 이 앞 너른 마당까지야. 그 밖으로 벗어나서는 안 돼. 사방으로 흘러내리는 길 위로 올라서면 안 된다. 알겠니?"

엄마는 잠들기 전 나미들을 하나하나 바라보며 늘 조심하라고 당부했다. 아빠의 동생인 쌕쌕이 삼촌도 삼촌의 엄마로부터 그런 말을 들었을 것이다. 하지만 삼촌은 용감했고 호기심이 많았으며 날쌨다. 그래서 오늘 나미가 보는 앞에서 그렇게 널브러지고 만 거였다.

이제 나미에겐 아무도 없다. 함께였던 식구들도 식구들과 함께했던 집도 사라졌다. 찬바람이 불어오자 살뜰하게 나미네에게 밥과 물을 챙겨주던 아저씨가 변했다. 밥과 물 대신 전기톱을 들고 다니며 서른 개의 나무가 있던 작은 숲을 헤집어버렸다. 아저씨가 베어낸 스무 개의 나무 중엔 나미가 섣불리 올랐다가 뒷걸음으로 내려오던 단풍나무도 있었다. 무엇보다 옆으로 누워 자라서 나미네의 든든한 울타리가 되어주던 앵두나무가 사라진 것은 나미네에겐 치명적이었다.

그치지 않고 비가 내리던 지난여름 어느 날에 나미 5남매가 태어났다. 나미와 형제들이 태어난 곳은 그 앵두나무가 만든 아치형의 그늘이었다. 처음은 추웠지만 이내 엄마의 몸 안에 있던 때처럼 축축해졌으며 따뜻해졌다. 부드러운 혀로 엄마가 나미들의 털을 말려주었다. 나미는 새로운 냄새들을 보고 싶었지만 눈꺼풀이 들어올려지지 않았다. 아직 못 본 세상이었으나 냄새로 싱그러웠다. 나미는 본능적으로 엄마 젖을 찾았다. 하지만 매번 언니들에게 밀려나서 가장 늦게 엄마의 젖을 물었고 젖은 잘 나오지 않았다. 가까스로 눈을 떠 나미가 처음 바라본 앵두나무 그늘엔 두 개의 색이 어우러져 있었다. 한쪽은 노랗고 다른 쪽은 푸른 눈동자를 가진 나미처럼 나무 그늘도 꼭 그랬다.

"아가야, 너는 특히 조심해야 한다. 네 눈이 두 개의 색을 가졌으니 더 으슥하고 깊은 곳으로 조심히 다녀야 한다."

엄마는 슬픈 눈을 해서 그렇게 말하곤 했다. 그래설까? 나미는 겁이 많은 아이가 되었다. 보금자리에서 형제들과 장난을 치고 술래잡기를 할 때조차 나미는 머뭇거렸고 언니들은 그런 나미를 비웃을 때도 있었지만 대개는 나미를 알뜰하게 보살폈다. 그건 비단 식구들만 그런 게 아니었다. 쿵쿵대는 발걸음이었지만 이곳 사람들도 나미를 볼 때마다 엄마가 저에게 그랬듯 애틋한 웃음을 보내곤 했다.

나미는 많은 것들이 저에게 보내는 웃음으로 키워졌다. 날아다니는 새들도, 초록 갑옷을 두른 나무들도, 너무나 멋진 날개를 가진 나비들도 나미를 보면 설핏한 웃음을 보내곤 했다. 그

웃음이 나미는 좋았다. 나미도 저를 보는 것들이 보내오는 그런 웃음을 보내는 때가 있었는데 그게 바로 이 화분에 막 옮겨 심어진 애기 국화들에게였다. 나미는 엄마를 따라 이 집 앞을 지나며 노란 장갑을 낀 손이 꾹꾹 눌러 옮겨심는 이 아이들을 보게 되었다. 노란 장갑을 낀 아주머니는 콧노래를 흥얼대며 애기 국화를 심느라 정신이 팔려 나미가 가까이 다가가 그 행동을 유심히 보는 것도 모르고 있었다. 설레는 표정 사이사이에 근심도 보였다. 그때마다 "죽지 않고 잘 살아나겠지?" 하더니 또 "비가 징글징글하게 오네." 하며 아주머니가 한숨을 폭 쉬었다. 그래서 나미는 그 애기 국화들이 걱정스러웠다. 죽을 수도 있다는 말이 무서웠지만 그 무서움만큼 정이 자꾸만 쌓여갔다. 나미는 집으로 돌아가기 전 언제나 이 화분 앞을 들르게 되었다. 자연스럽게 아이들의 자람을 지켜보았다. 저처럼 키는 작았지만 그리고 느렸지만 어여쁜 꽃도 피웠다. 저의 눈처럼 이 아이들도 두 가지 색으로 피어났다. 진홍과 노랑. 이제 노랑은 다 졌고 진홍은 아직 제 색을 가까스로 지키고 있지만 곧 내일이라도 색을 잃고 말라가도 전혀 이상하지 않은 상태였다. 그러나 여전히 여운이 남아 있다. 매콤하고 고소하며 바삭하여 지난 기억을 한꺼번에 일깨우는 냄새가 남겨져 있다.

*

대문 앞에 고양이 사료를 내놓은 s는 나풀거리며 내려오는

눈 탓에 화분 뒤에 납작 엎드린 나미를 미처 발견하지 못하고 2
층으로 향한다. 조붓한 시멘트 계단을 올라가 낡은 새시문을 열
자 퀴퀴한 연탄가스가 그를 반긴다. 그는 서둘러 난로의 연탄을
간다. 한동안 포근했는데 세밑 한파가 어김없이 찾아왔다. 작년
에 때고 남은 연탄이 육십 장뿐이라 영하 10도쯤 되는 날만 불
을 피우자고 아내와 약속했지만 벌써 반은 때고 없다. 뽁뽁이와
겨울 옷가지로 단속을 단단히 해놓은 덕에 옥외 수도와 옥외 화
장실이 아직 얼지는 않았지만 이 낡은 집에 언제 또 문제가 생
길지 알 수 없는 노릇이다. 작년만 해도 수도관을 전부 교체하
고 전기를 정비하느라 적지 않은 돈이 들어갔기에 그는 매사 조
심스럽다.

s는 토성길이 한눈에 보이는 창을 열며 담배를 한 대 빼어 문
다. 세사에서 벗어나 아주 외떨어져 산속에 있다는 느낌이 드는
건 이 창밖 풍경 덕이다. 토성의 능선 아래 비탈 밭과 움푹 들어
앉은 작은 숲이 곱게 내리는 눈을 맞고 있다. 산성 동문으로 이
어지는, 한 사람 겨우 다닐 수 있는 오솔길에도 소복소복 눈이
내려앉는다. 고즈넉하다. 지나치게 고즈넉하다.

두 해 전 생활터전을 이리로 옮길 때엔 이 고즈넉함이 좋았으
나 지금도 여전히 그렇다고 말할 수는 없다. 천성이 고독을 반
기는 편이었으나 지금의 고독은 강제적이며 극적이어서 세상
에 대한 실감이 자꾸만 사라질 뿐이었다.

올해는 한 해가 어떻게 다 갔는지 실감이 나지 않는다. 마지
막 두 학기를 남기고 휴학을 한 딸애와 거의 붙어 있다시피 지

낸 1년이었다. 함께하는 만큼 재미도 있었지만 가끔은 날카롭게 부딪쳤다. 세 식구가 하루종일 붙어 있는 게 늘 좋은 것은 아니었다. 기저귀를 차고 뒤뚱거리며 걷던 아이의 모습이 아직도 생생한데 그 어린애가 어느새 커서 대화의 한 축에 서서 의젓하게 저를 표현하는 젊은이가 되었는데도 대화는 점점 독백이 되기도 하였다.

s가 창을 닫고 연탄재를 담은 비닐봉지를 들고 계단을 내려온다. 귀가 떨어져 나가는 것처럼 한기가 매섭다. 연탄재 여섯 개가 든 비닐봉지는 무겁고 인적 없는 골목은 울룩불룩하다. 세계의 범주는 모호하고 오직 매서운 한기만 실감 된다. 입김마저 공중에 얼어붙는 느낌이다.

"아이쿠야, 나미 왔구나. 잘 왔다. 들어가자."

현관 앞에서 한쪽 발을 들고 서 있는 나미에게 s가 문을 열어준다. 선뜻 안으로 들어서지 않는 나미를 딸애가 냉큼 안아 데리고 들어온다.

"잘 왔어, 나미야. 언니 생일을 축하해주려고 온 거구나. 우리는 이제 생일 케이크를 만들 참이야. 나미야, 우리는 막 무스비를 해먹었는데 너는 염분이 많아서 무스비 같은 건 먹으면 안된단다. 자, 보자, 우유를 먹으련? 우유 다 먹고 너도 케이크 만드는 거 도와줘야 해."

딸애가 내어준 식기에 담긴 우유를 부지런히 핥고 난 나미는 지난가을 제 엄마가 삶은 달걀을 훔쳐 먹다 혼쭐이 난 부엌 씽크대 아래에 배를 붙이고 앉는다.

소리도 없이 눈이 내리고 초침 소리도 없이 벙어리 시계가 둥근 원을 그리며 돈다. 모두가 우아하게 자기 자리에 앉거나 누워있다.

"자, 반죽기를 개봉해봅시다."

잠시의 정적이 깨뜨려지고 꿈틀거리던 y의 몸도 안정을 찾는다. 방바닥에 손을 짚고 일어나 y가 식탁으로 향한다. 뒷방에 누웠던 s가 슬며시 일어나 부엌으로 나온다. 나미가 기지개를 켠다. 딸애가 커터 칼로 박스를 연다. 인터넷으로 주문한 반죽기는 3일 만에 도착했다. 어제만 해도 머랭을 치느라 시간 반을 고생했던 터라 세 식구는 이 도구의 성능이 몹시 궁금하다.

위이잉. 어머나. 위이이잉. 그만해. 아직 아무런 준비도 안됐잖아. 알았어요. 우선 이 날을 씻어놓아야겠네. 딸애가 씽크대로 다가오는 기색에 나미가 잽싸게 일어나 한 발을 들고 어디로 갈지 방향을 고심 중이다. s가 나미를 품에 안고 와 식탁에 앉는다. y가 다용도실로 가서 달걀 한 판을 가지고 나온다. 차가운 공기가 따라 들어온다. 엣취. 딸애가 옷소매로 입을 가리며 재채기를 한다.

"일단 제누와즈 먼저 만들어야겠지?"

내내 한 마디도 없던 y가 입을 연다. 부녀의 눈빛이 반짝 빛난다. y에게 성대 결절이 온 건 수년 전이나 목소리 내는 걸 부담스러워한다는 걸 부녀가 안 건 최근이었다. 컨디션이 좋아야 무리 없이 대화를 할 수 있다, 몇 마디를 하기 위해 하루종일 컨디션 조절에 힘쓰고 있다는 말을 들은 뒤로 부녀는 y가 말이 없으면 그녀의 눈치를 보곤 했다.

"다섯 알은 제누와즈용 머랭을 만들고 나머지 다섯 알은 장식할 생크림을 만들 거야."

컨디션이 좋은 모양 y가 목소리를 내는 데 힘겨워하지 않는다.

"좋아!"

반죽기에 날을 끼우며 딸애가 눈빛을 빛낸다.

위이잉. 위이이잉. 윙. 위이잉. 달걀흰자가 거품을 내며 섞인다. 갓머리가 떨어져 나간 문장이 위이잉 함께 돈다. 위이잉. 위이잉. y의 휴대폰이 부르르 울린다.

"여보세요. 엄마?"

"오빠야. 엄마 폴더폰이 완전 맛이 가서 새 거 지금 막 개통했는데 네가 전화해볼래?"

"응. 지금 해볼게."

"여보세요? 응 잘 된다. 엄마 바꿔줄게."

"엄마, 저녁 드셨어? 아이구 잘하셨네. 휴대폰도 새 걸로 바꿨지? 잘 들리나? 아이구 잘 됐네. 날이 무척 추워졌어, 엄마. 따뜻하게 계셔요. 우리도 잘 있을게. 아이쿠, 우리 엄마 똘똘하네. 손녀 생일을 안 까먹었네. 잠깐만 연우 바꿔줄게."

반죽기는 외할머니로부터 걸려 온 전화에 진작에 멈추었고 딸애의 손으로 휴대폰이 넘겨진다. "할머니, 아이구 우리 할머니, 오늘 목소리 좋으시다. 아휴 제가 더 감사하죠, 할머니. 고맙습니다. 할머니도 삼촌과 따뜻하게 계셔요. 내일도 전화 드릴게요. 저도 많이 많이 사랑해요, 할머니. 할머니, 삼촌하고 재미난 얘기 많이 하시고요, 할머니, 제가 내일도 전화 드릴게요. 네, 할머니. 저도 사랑해요. 저도 감사해요. 할머니, 내일 또 전화 드릴게요."

딸애는 매일 적어도 한 번 외할머니와 통화를 한다. 오늘은 벌써 두 번째. 같은 인사말이지만 늘 최선으로 충실히 또박또박 크게 말하는 딸애가 y는 고맙다.

y의 친정어머니 정 여사는 구순의 노쇠한 중환자다. 유월 말 보험 정산 문제로 잠깐 퇴원했는데 지금까지 집에서 몇 번의 다급한 위기 속에서도 온힘을 다해 버티고 계신다. 유월 말 바로 다시 입원할 예정이었으나 갑자기 정신이 맑아져 죽어도 집에서 죽겠다며 극구 입원을 거부해서 오라비만 죽어났다.

정 여사는 20여 년을 침대생활자로 병석에 누워 계셨는데 올해엔 큰 위기가 닥쳤다. 올 초에 병원에 입원해 석 달을 지냈다. 딱 30분만 면회가 되다보니 어린애처럼 분리불안이 온 y의 오라비는 눈물 바람으로 병원을 오갔다. 오랜 병간호로 오라비의 정신에도 문제가 생겼고 y는 제가 간병을 하겠다고 나섰다가 "그럴 생각이 있었다면 그 시골로 이사를 왜 해!" 하는 오라비의 지청구만 들었다. 하루에 30분이라도 모친을 보지 않으면 밥도 먹을 수 없다는 친정 오라비에겐 오히려 멀리 떨어져 사는 동생네가 반가웠는지도 모른다.

입원한 지 석 달이 지나자 정여사는 더 위독해졌다. 항생제도 듣지 않는 슈퍼박테리아가 나와서 꼼짝없이 독방에 격리되어 또 석 달을 생활했다. 그 석 달은 그러나 오라비와 y 모두에게 숨이 좀 트이는 시간이었다. 일주일씩 교대로 노모를 돌봤는데 보호자들의 방문을 엄중히 막던 병원도 독방에 격리된 노모를 보살필 보호자가 필요했던 거였다. 독방에서 노모를 돌보던 어느 날, y는 노모의 밤놀이를 목격했다. 노모의 밤놀이는 세 가지였다. 새벽 2시에서 4시 사이에 그 세 가지 놀이가 반복되었다. 우선 병원 철제 침대 난간을 가만가만 더듬는 일이 시작된다. 한 시간 남짓 되도록 손이 닿는 난간을 더듬으며 여기가 어디인지 실감하려고 애를 쓴다. 이윽고 조용하나 격렬한 웃음이 시작된다. 보조 침대에 딸이 누워있다는 걸 아는 모양 소리를 내지는 않았지만 어깨까지 들썩거리며 격렬한 웃음에 빠져든다. 저러다 몸의 기운이 다 빠질라 걱정이 될 무렵 놀이의 마지막 단계가 시작된다. 누군가와 대화를 하기 시작한다. 이쪽 보조침대에 누워 있는 y는 들을 수 없는 작은 소리로 소곤대지만 손짓과 몸짓과 웃음이 더할 수 없이 젊다. 주름도 검버섯도 사라진 얼굴엔 파안대소가 피어난다.

"세상에나. 20분도 안 걸리네."

기계의 도움을 받으니 머랭치기는 식은 죽 먹기라며 흡족해하는 딸애. 노모의 파안대소에 갇혔다 풀려난 y가 박력분 밀가루를 꺼내어 체에 치기 시작한다. s가 우유에 버터를 넣어 미리 중탕해 둔 보시기 곁에 바짝 다가앉는 나미.

"스펀지케이크는 머랭치기가 거의 다야. 이제 달걀노른자를 넣고 잠깐 섞어 줄 거고 밀가루를 넣고 반죽을 할 거야. 아빠, 그

버터물을 이리로 가져다줄래?"

나미와 s가 슬며시 동선이 겹친다.

반죽기의 작동이 멈추자 다시 밤이 고요해진다. y가 반죽기 칼날을 해체해 개수대로 향한다. 나미는 세 식구와 적절한 거리에서 부드럽게 움직인다. 딸애가 빵틀에 유산지를 깔고 반죽을 붓는다.

"이번엔 180도에서 30분 돌려볼 거야. 지난번처럼 속이 잘 익지 않으면 곤란하니까 10분 더 추가해보자. 참, 케이크에 장식할 생크림을 다시 만들어야 하니까, 엄마가 이걸 돌려줘. 나는 달걀흰자와 노른자를 분리할 게."

딸애의 부탁이 아니었다면 이번엔 제가 반죽기를 돌려 생크림을 만들어 볼 참이었으나, y는 알겠어, 하며 다정한 친구가 보내온 에어프라이어가 놓인 뒷방으로 향한다.

등기부등본에 따르면 이 아래층은 1987년에 지어졌다. 작은 방 네 개가 있으나 벽들은 죄 책이 점령했고 부엌방엔 작은 씽크대와 식탁을 놓으니 냉장고 들어갈 자리가 나지 않았다. 변기 하나가 달린 저쪽 방과 냉장고가 놓인 이쪽 방의 방문을 떼어내 답답함을 조금 덜었으나 여전히 동선이 복잡한 집이다. 냉장고방 옆에 달린 방엔 문을 그대로 달아두었는데 여긴 세 식구의 겨울철 실내흡연구역인 까닭이다. 에어프라이어가 이 방 책상을 점령하고 있다. 에어프라이어를 돌리면 특유의 냄새가 나서 이 자리를 차지하게 되었다. 물론 덩치가 있어서 부엌방에 둘 곳이 없기도 하였다. 째깍 째깍 째깍. 타이머를 30분에 맞추어 둔 y가 비탈 밭으로 난 창을 열고 담배를 한 대 빼어 문다. 청량한 겨울바람이 퍼뜩 깨운 문장 하나가 떠오를 듯 떠오르지 못하고 째깍째깍 심해로 가라앉고, 방 밖에선 구워진 망각을 감쌀 달콤한 생크림이 위이잉, 시끄러운 소리를 내며 만들어지는 중이다.

*

생크림딸기케이크는 예상보다 빨리 만들어졌다. 서른 개의 딸기를 하나하나 정성스레 씻어 채반에 건져놓은 건 s였다. 꼭지를 떼어내고 반으로 갈라 키친타월에 올린 건 y였다. 딸애는 3단 케이크를 만들 작정이었으나 제누와즈가 얇아 2단 케이크가 되었다.

딸애는 스펀지케이크 반을 갈라 아랫단 윗단에 생크림을 듬뿍 바르고 빈틈이 없게 딸기를 장식했다. 돌림판이 없어 전자레인지 돌림판을 이용해 케이크 옆면에도 생크림을 발랐다. 투박하지만 근사한 생일케이크를 앞에 두고도 여덟 개의 눈동자엔 걱정의 빛이 가득하다. 생일 케이크는 자정에 불을 밝힐 예정인데 자정이 되려면 한 시간이나 남아서 그 사이 생크림이 녹아 사라질까 봐 걱정이 된 거였다.

해의 마지막 날을 생일로 가진 딸애는 고등학교 졸업을 앞둔 열아홉부터 매년 제 생일케이크를 그림으로 그려 노트북 바탕화면으로 쓰곤 했다. 느닷없이 제빵의 세계에 입문한 딸애가 4

년 만에 진짜 케이크를 만들어놓고는 사진을 찍느라 분주하다.

께엑— 께엑— 께엑—

"어미 고라니인가 보다."

골목으로 들어선 게 고라니니 안심하라고 s가 일러준다.

"나미야, 걱정할 거 없어. 새벽에 이 골목에 종종 오는 애야. 저번엔 조용히 왔다가더니 오늘은 울음소릴 다 내네."

낮밤이 바뀐지 오래인 딸애는 종종 고라니의 기척을 들었노라고 말한다.

겨울밤이면 심심찮게 고라니가 골목을 다녀가곤 했는데 오늘은 번개처럼 뛰어 도망가지 않고 지신을 밟듯 골목을 꾹꾹 눌러 밟으며 s가 담장 아래 국화 화단에 덮어 놓은 갈대를 맛있게 먹고 있다.

딸애는 고라니와 인연이 많았다. 22개월짜리가 부모의 손에 이끌려 야반도주하다시피 ᄎ시 외곽으로 스며들던 비 오는 가을밤에도 고라니가 함께 있었다. 동구나무 아래 차를 세워두고 날이 밝기를 기다리던 그 밤, 헤드라이트 불빛을 마주 보고 서 있던 애기 고라니를 딸애는 또렷이 기억했다. 아침 일찍 일어나 등교하던 중학생 시절엔 시골버스 안에서 들판을 지나는 고라니를 보는 것이 예사였다. 두 해 전 이사 온 이곳에도 고라니가 자주 출몰했다. 호들갑스럽게 사진을 찍는 대신 건초를 기다란 화분에 넣어줄 만큼 아이가 자라는 밤.

다행히 생크림케이크는 멀쩡하다. 자정 10분 전. 딸애는 춤을 췄고, 파티에 초대된 동무들이 속속 입장을 했고, 부모는 자정이

됨과 동시에 축하 인사를 해야 해서 아직 아래층에 남아 카운트 다운을 기다린다. 5, 4, 3, 2, 1. 언제 쓰고 남은 건지 모르는 하트 모양 초에 불을 붙인다. 나미가 딸애 무릎을 차지한다.

"생일을 축하해."

모두가 함께 축하 노래를 불렀다. 뽀뽀를 해달라며 볼을 들이미는 이제 스물넷이 되는 딸애의 볼에 입 맞추고 부모는 서둘러 무대에서 퇴장한다. 1989년에 올렸다는 2층으로 올라가기 위해 현관을 연다. 눈 쌓인 작은 마당을 돌아 시멘트 계단을 오르며 부부가 가쁜 숨을 내쉰다. y가 여차하면 몸이 늘어나는 병에 걸렸다면 s는 꾸준히 근육이 빠져나가 앙상해져간다. 두 사람 모두 벌써 노쇠해진 몸을 부끄러워한다. 얼굴을 붉히고 난롯가에 앉은 부부가 끝집 아저씨가 세워놓은 오두막 처마에 매달린 꼬마전구들이 반짝이는 것을 본다.

오두막 뒤 비탈의 움푹한 자리가 s의 눈길을 잡아끈다. 보름 전 낙엽을 태우다 그예 밭둑으로 번진 불을 떠올린다. 삽을 찾아들고 뛰어 올라간 s가 아니었다면 이 산성 아랫마을은 큰 화재에 직면했을 터였다. 딸애는 재난가방을 쌌고 y는 양동이에 물을 채워 밭둑을 올랐다. 어스름이 막 내리기 시작했고 불길은 거셌으나 삽의 위력도 대단했다. 불길이 산으로 번지는 걸 간신히 막고 있을 무렵 소방차가 너른 마당에 도착했다. 좁은 골목을 황망히 뛰어다니던 소방대원 예닐곱이 꼼꼼히 잔불을 정리했다. 내 평생 처음이라며 미안하고 죄스런 얼굴을 하던 동네 아저씨는 "저분이 아니었다면 큰일을 당했을 거유"하며 s를 추

커세웠는데 그 말을 함께 듣던 y가 서둘러 s를 데리고 삽과 양동이와 함께 집으로 돌아오며, "아저씨가 적절한 변명거리를 찾는 데 우리가 방해가 될지도 몰라서." 했다.

쉰 중반을 넘긴 그들이 생애 최초로 집을 사서 산 설고 물 선 이리로 이사를 한 건 두 해 전이었다. 대지 30평에 지어진 낡은 2층 주택의 가격은 4천만 원이었다. 부동산 아저씨는 이 도시에서 가장 싼 집이라고 했지만 월세를 전전하던 부부에겐 큰 금액이었다. 고맙게도 주택 가격의 반 이상을 지인들이 도와주어 이 집을 장만하게 되었다. 월세살이에서 단번에 자가 소유자가 되었으나 어려움이 없던 건 아니었다. 다달이 나가는 월세는 굳었지만 생활의 터전이 행정구역을 넘자 일거리도 없어졌다. 애를 먹었지만 첫해를 버티고 나자 또 살 궁리가 생겨났다. 이제 좀 마음을 놓아도 좋을 텐데 s는 4천만 원짜리 이 낡은 집 하나를 가진 것도 죄스러워 해서 종종 y에게 면박을 당했다. s가 자가 소유자가 된 것을 죄스러워했다면 y는 부쩍 겁이 많아졌다. 밭두렁에서 연기가 나거나 공터에서 쓰레기를 태우기만 해도 졸보가 되어 겁을 먹곤 했다.

〈산불조심〉 현수막을 넘어온 달빛이 창을 기웃대는 밤, s는 다시 연탄을 갈고, y는 간이 개수대에 놓인 설거지를 하고, 딸애는 눈 쌓인 좁은 계단을 조심스럽게 오른다. 나미는 식탁 아래에서 잠이 들었다고 한다. 한두 시간 세 식구는 원카드나 고도리나 윷놀이를 하다가 잠자리에 들 것이다. 원카드는 딸애가, 고도리는 모친이, 윷놀이는 부친이 승률이 높다. 이긴 사람이 끼니의 메뉴를 정하고 장만하는 것이 게임의 룰이 되었다. 내일 미역국을 끓이고 생일상을 보려면 모친이 잘하는 고도리를 쳐야 할 것이다.

약간의 화이트 노이즈가 필요해서 이 시각 그들은 잘 알아들을 수 없는 BBC나 TV5monde 같은 외국 방송을 틀어놓는다. 그러면 이 고요한 산동네가 방만큼 좁아져 아늑해진다. 밖의 삭풍이 거셀수록 안은 더욱 아늑하다. 누군가의 한숨마저 부드럽고 달콤해진다. 옷방의 옷들이 다락방의 이불들이 건넌방의 커튼이 티브이가 놓인 안방의 벽지들이 살가워진다. 게임이 끝나고 예상대로 y가 아침 준비에 당첨된다. 모녀는 따뜻한 이불 속으로 이미 들어갔고 s는 한 사람 눕기 적당한 건넌방에서 못 다 읽은 책의 구절을 찾아든다.

바깥은 달빛의 세상이다. 산동네 모든 소리를 감싸 안은 달빛이 눈 쌓인 밭고랑에 나뭇가지에 가득하다. 동짓달 보름을 함께 건너온 노목의 이마 위에도.

*

주방이 아닌 부엌이다. 씽크대가 아닌 부뚜막엔 키 순서로 솥세 개가 걸려 있다. 작은 솥에서 모락모락 김이 난다. 솥과 솥 사이로 엄마가 동네 두레박 우물에서 길어온 물 항아리가 보인다. 짚으로 틀어 엮은 또리도 언 몸을 녹이고 있다. 그리고 아! 아궁이. 장작불이 이쁘게 타오르고 있는 아궁이. 매서운 바람을 막는

정지문은 굳게 닫혀 있지만 불은 밖으로 내지 않고 잘 빨려 들어간다. 환하고 따뜻한 이 앞에 온종일 앉아 있어도 좋겠다. 게다가 저 애가 안고 있는 저 라디오와 함께라면. 저 푸른 초원 위에— 그림 같은 집을 짓고— 딸애는 남진의 이 노래가 좋은데 엄마는 '가슴 아프게'를 더 좋아한다.

오라비가 건전지가 들어가는 금성 라디오를 사서 크리스마스 선물로 보내주었다. 동봉된 '어머님 전상서'로 시작되는 편지엔 전깃불도 들어오지 않는 오지에서 춥고 긴 겨울을 나야 하는 엄마와 막내 여동생 걱정이 가득했다. 중학교만 겨우 마치고 서울로 간 오라비는 약국 사환을 했다. 나이를 좀 더 먹어 짐자전거를 몰 수 있게 되자 종로 큰 꽃집에서 꽃 배달을 했다. 입영통지서가 나왔고 군대를 다녀왔고, 지금은 서울에 사는 둘째 이모를 도와 도매시장에서 채소 장사를 한다. 집 걱정이 많은 청년 가장의 겨울이 조금은 부드럽기를!

모녀는 또 나무를 해왔다. 창고 가득 나무가 지천인데 엄마는 기어코 딸애를 대동했다. 땔감을 마련하는 건 대개는 남정네가 지게를 지고 나가 해오던데 이 집엔 지게를 지고 나가 나무를 해올 남자가 없다. 엄마는 관솔가지를 주워 모아 나뭇단을 만들어 양 끝을 묶어졌고 딸애는 종이 부대에 솔잎을 모아 역시 엄마처럼 양쪽을 끈으로 둘러 묶어지고 내려왔다. 이 아궁이 불을 지필 때 제가 긁어 모아온 솔잎을 밑불로 쓰자 딸애가 흐뭇해져서 미소를 지었다.

엄마가 불을 빼낸다. 솥이 눈물을 주르륵 흘린다. 밥솥 안에서 쌀도 고구마도 모두 잘 익어가는 모양 구수한 냄새가 난다. 이 부엌의 왕인 엄마가 벽에 걸린 포마이카 밥상을 내려 부뚜막에 놓는다. 독에 묻어 둔 김치를 내어오고, 장날에 왕복 40리 길을 걸어가 사온 김을 석쇠에 끼워 숯불에 살살 구워낸다. 간장 종지에서 파와 고춧가루와 깨소금이 섞인다. 딸애가 제일 좋아하는 양념장이다. 이 양념장이면 김 없이도 밥 한 그릇을 뚝딱 비울 수 있다.

키키키 크크크 큭큭. 요상한 웃음소릴 내는 y는 여전히 꿈의 그늘 아래 있지만 도시를 휘도는 강 위로 해는 벌써 떠올랐다. 뒷숲의 온갖 새들이 부르르 일어나 재재거린 지도 오래. 할아버지 나무에 묵직한 둥지를 튼 까마귀 한 마리가 느릿느릿 기지개를 켠다. 이 게으른 까마귀는 실은 까치가 지어놓은 집을 제 집 삼은 도둑놈인데 참새나 물까치 따위가 부산스럽게 요란하게 힘차게 아침을 여는 것이 늘 조금은 못마땅하다. 부지런히 움직이는 것들은 성가시다. 호시탐탐 떼로 몰려들어 집을 되차지하려는 까치떼 탓에 까마귀도 서넛의 동무를 규합했다. 그렇더라도 이 높고 근사한 집을 동무들과 나누지는 않는다. 그는 아주 천천히 몸을 일으켜 산동네를 내려다보다가 잽싸게 나뭇가지를 박차고 날아올라 저 2층 낡은 창으로 비어져 나오는 커다란 물방울 하나를 조심스럽게 물고 늙은 할아버지 나무에게로 다시 돌아온다. 삼백 살이 훌쩍 넘은 할아버지 나무는 긴 두 팔로 물방울을 받아 조심스럽게 품에 안았다.

물방울을 걸어안은 할아버지 나무가 영하 15도네, 하며 조심스럽게 계단을 내려오는 주부를 흐뭇하게 내려다본다. 어제의 그녀는 늘어진 살을 잘못 밟아 휘청댔으나 오늘의 그녀는 가볍고 안정적이다. 그녀의 아홉 살 부엌이 들어 있는 이 물방울은 이제 누구나 꺼내볼 수 있는 나무 창고에 안전하게 놓일 참이다.

y는 어디에도 부딪치지 않고 계단을 내려와 마당을 지나 현관문을 무사히 통과해 주방으로 들어와 쌀을 씻어 안치고 미역을 불려 둔 뒤 굿모닝, 하며 늘어지게 기지개를 켜는 나미에게 인사를 건넨다.

니야옹, 나미가 현관문을 열어 달라고 조른다. y가 현관문을 열어주자 나미는 쏜살같이 마당을 나서서 담장으로 뛰어오른다.

y는 냉장고 옆 팬트리에서 김을 꺼내들고 와 가스불을 켜고 두 장씩 포개어 굽는다. 가위로 잘라 플라스틱 통에 가지런히 담아둔 뒤 양념장을 만들기 시작한다. 간장종지에서 쫑쫑 썬 파와 고춧가루와 깨소금이 섞인다. 그 겨울의 부엌 냄새에 왈칵 눈물이 돈다. 아홉 살 부엌에서 움직이던 엄마의 실루엣이 y에게 겹쳐진다. 그녀는 미세하게 불어난 제 몸의 부피감을 느낀다.

사붓 사붓 사붓.

나뭇가지에 쌓이는 눈.

사박사박, 사박사박.

경쾌한 발걸음 소리.

"딩동."

"누구세요?"

밥솥의 소리를 초인종 소리로 들은 y가 마당을 가로질러 녹슨 철대문을 연다. 눈 쌓인 골목에 난 고른 발자국의 주인이 문앞에 서 있다. 빳빳한 새 갓을 쓴 문장 하나가 정다운 인사를 건넨다.

"해피 뉴 이어."

도읍지의 표정

이 도시에 대한 최초의 느낌은 공기의 냄새가 다르다는 거였다. 엄밀히 말하자면 야생의 냄새가 있었다는 것이다.

인구 10만의 소도시 버스터미널 대합실을 나왔을 때 코끝에 닿은 건 매캐한 매연의 냄새가 아니라 자연의, 신록의, 작물의 향기였다. 매연의 장막 없이 거침없이 쏟아지는 햇살의 줄기는 선명하고 강해서 봄날이었는데도 여름날의 쨍한 볕 아래에 서 있는 느낌이었다. 그런 뒤에야 터미널 앞 도로와 건물이 맑은 대기 속에서 선명하게 드러났다.

나는 꽤 오래전부터 후각과 피부감각을 거친 뒤에 시각이 작동하도록 수련을 해왔다. 고등학생 시절, 야간자율학습을 땡땡이치며 동무와 학교 동산에 앉아 나누던 어떤 이야기 끝에 동무가 물어온 질문 하나에서 비롯된 수련이었다. 친구야, 너는 다섯 가지 감각 중에서 어떤 감각이 보내는 걸 가장 믿니? 내 대답도 기다리지 않고 친구가 말했다. 나는 듣는 것보다 보이는 걸 더 믿어. 내가 고백할 차례였지만 내 고백은 없었다. 나는 다섯 가지 감각 중에 어느 감각 하나가 나를 좌우하고 있는지 몰랐다.

그때부터 나는 다섯 가지 감각에 반응하는 나를 관찰하기 시작했는데 고등학교를 졸업할 무렵에서야 내가 후각에 가장 예민하다는 걸 알게 되었다. 후각만큼은 아니더라도 피부 감각 역시 꽤나 섬세하게 작동한다는 것도 알 수 있었다. 사람과 사물에 대한 판단에 친구가 시각과 청각을 주로 사용했다면 나는 주로 후각과 촉각을 사용한다는 것을 알게 된 것이다. 친구의 난데없는 고백 이후 시작된 관찰 끝에 내가 안 사실은 사람마다 주로 사용하는 감각이 다르다는 거였다. 친구가 그랬듯 한동안 나 역시 가까운 친구들에게 어떤 감각을 가장 믿는지 묻곤 했다. 질문을 받은 그들은 내가 그랬던 것처럼 한동안 멍하니 상대를 응시한 채 입을 열지 못했다. 그러나 나는 알았다. 그들에게도 곧 자신들이 어떤 감각을 주로 사용하는지 탐색이 시작되리란 것을. 고등학교 내내 나의 테마는 '후각과 촉각이 나에게서 어떻게 작동하는가'였다. 그러다보니 내가 주로 사용하는 후각이나 촉각이 무디어지는 경우 어떤 감각이 방해를 하는지도 알게 되었다. 방해자는 바로 시각이었다. 나는 여타의 감각을 무찌르고 나서는 빠르고 날카로운 시각을 웬만하면 신뢰하지 않기로 했다. 늘 앞서 나가려는 시각을 두 감각—후각과 촉각—의 뒤편에 놓고 사람이나 사물을 바라보는 연습이 시작된 건 그때부터였다.

새로운 것에 호들갑을 떨기 좋아하는 시각의 작동을 늦추는 데에 오랫동안 수련을 해온 자부심에도 불구하고 시각이 작동하자 나의 후각과 피부감각은 맥을 못 추고 흐려졌다. 모든 게 또렷하게 보이기 시작하자 대합실 앞 풍경이 마치 세트장처럼 규모가 아담하다는 느낌이 들었다. 도로도 낮은 건물들도 심지어 길거리에 오가는 사람들에게서도 그런 느낌을 받았는데 버스마저도 좀 작다는 느낌을 지닌 채 버스에 올랐다. 버스가 터미널을 벗어나 좌회전 신호를 기다리는 동안 강 저쪽 산이, 능선 위에 둘러진 석벽으로 볼진대 분명히 산성일 것인데, 눈을 완전히 사로잡고 말았다. 그렇지, 여긴 도읍지지. 탄식이 새어나왔다.

터미널 코앞으로 흐르는 강은 내가 늘 보아오던 천과 비교하여 광활하다는 느낌을 주기에 충분했다. 게다가 내가 좋아하는 시인의 장편서사시 제목이 바로 이 도심을 가로지는 강의 이름이었으니 그날 내가 느낀 감회는 말로 표현하기 어려울 만큼 깊었다.

다리를 건넌 버스가 정류장에 도착했고 나는 버스에서 내려 횡단보도를 건넜다. 동서남북 방향을 잡을 수도 없었고 익숙하여 몸이 지도를 그릴 수도 없는 난생 처음인 지역을 방문한 사람이 가질 수밖에 없는 약간의 현기증으로 몸이 잔뜩 긴장해 있었다. 정류장엔 혼잣말을 하며 자기 안에 푹 빠진 젊은이가 있었는데 내 정신도 그에게 동조되기 시작했다. 다행히 나의 최종 목적지로 데려다줄 시내버스가 곧 도착해서 나는 강변을 따라 풍경을 감상하며 마음의 여유를 좀 가질 수 있었다. 강변을 벗어난 버스가 더 깊은 내륙으로 들어간다 싶은 즈음 초등학교 앞에 버스가 도착했다.

시외버스를 한 시간 반 타고 와서 다시 이 고장 시내버스를

두 번 갈아타고 큰길가에 있는 초등학교 정류장에 하차했을 때
는 약속한 4시에서 십 분이나 지나 있었다. 나는 재빠르게 길을
잡아 나갔다

"집을 한번 보고 싶은데요."하자 "아이구, 내가 지금 그 집엘
들어가고 있어. 빨리 오시우."하는 카랑한 목소리가 들려왔
다. 이미 차도 폐차한 터라 대중교통을 이용하여 그 고장으로
가려면 아무리 서둘러도 두 시간은 더 걸릴 텐데 카랑카랑한 목
소리가 "할아버지 밥을 차려줘야 해서 다섯 시엔 여기서 나가니
께 그전에 와야 해유."하며 재촉을 했고 나는 간신히 "아, 네, 4
시엔 도착할 듯합니다."했지만 약속 시간에 늦어버린 거였다.

지도가 알려주는 대로 초등학교를 마주보고 오른편으로 방
향을 잡았다. 학교와 마을길 사이에 흐르는 잘 정비된 개천엔
미나리가 실하게 자라나 있었다. 개천을 왼편으로 두고 마을길
이 이어졌고 나는 그 길을 따라갔다. 개천을 따라 오른편에 집
들이 자리해 있었다. 길에 나온 사람은 없었지만 집 안에서 이
낯선 자를 유심히 살피고 있다는 착각이 들 만큼 나는 긴장해
있었다. 어르신 쉼터란 팻말이 걸린 건물을 지나면서는 더욱 마
음이 조마조마했다. 다행히 쉼터 밖으로 나와 있는 어르신은 보
이지 않았고 카랑한 목소리가 일러준 교회가 곧바로 나타났다.
아담한 교회 마당에도 사람은 없었다. 차 한 대는 너끈하겠지만
교행은 어려울 것 같은 절대로 넓다고는 할 수 없는 길을 걸어
가며 버스정류장에서도 한참을 가야 하는 외진 곳이구나, 마음
이 복잡해졌다. 흙으로 지어진 건조실이 길을 구부려 놓고 있어

이 길이 어디로 이어질지 몰라 막막했다. 헛고생이 되겠구나 싶었다.

건조실의 위치는 절묘했다. 건조실이 구부려 놓은 길이 펴지자 갑자기 너른 들판이 펼쳐졌다. 들은 넓었으나 산이 병풍처럼 둘러있어 아늑한 맛이 났다. 무언가 느낌이란 걸 가질 수 있는 풍경에 나는 안도했다. 계속 길을 걸어가 목적지를 확인해도 좋겠다는 여유가 생겨났다. 시멘트로 포장된 길은 넓은 들을 양옆에 거느리고 의기양양하게 뻗어 있었다. 약속 시간은 벌써 30분을 넘기고 있었다. 5시에는 나가야 된다는 카랑한 목소리를 만날 수는 있을까? 미심쩍은 마음을 단속하며 산자락에 자리한 마을 초입에 당도했다. 마을 첫 집 마당에는 강아지 두 마리가 목줄을 한 채 강종거리고 있었지만 작고 귀여운 녀석들과 노닥거릴 시간은 없었다. 카랑한 목소리가 알려준 주황색 함석지붕이 가까이 보였던 것이다. 훅 끼쳐오는 냄새를 만났다. 이 냄새는? 역시 그랬다. 산을 마주한 오른편 끝자락에 자리한 그 시골집은 고샅길을 두고 우사와 마주해 있었다.

대문도 없는 집 입구엔 인동초가 감아 올라간 마른나무 두 그루가 대문 역할을 하고 있었다. 마당은 잔디가 잘 손질되어 있었고 자그마하게 나 있는 연못에는 어린 잎이 싹을 틔우고 있었다. 작은 연못주위로 미나리가 지천을 이루고 있었으며 수로를 따라 자잘한 꽃들이 심겨져 있었다. 자잘한 꽃들 말고도 마당은 철쭉과 영산홍으로 가득했고 그런 관목 말고도 목련이며 배롱나무와 같은 큰 나무까지 합세해 숲을 이루고 있었다. 안채와 곁채의 처마를 이어 매놓은 빨랫줄엔 작업복과 모자 양말과 수건이 널려 있었다. 산에서 내려오는 물과 연결된 뒤란 수돗가는 넓었고 한 옆으로 사각형의 시멘트 구조물이 있었다. 거기엔 미나리가 가득했다. 그 사각형의 시멘트 구조물은 오로지 미나리를 위한 거여서 수도와 연결된 호스가 그쪽을 향해 내내 물을 흘려주고 있었다. 거기에 자그마한 체구의 노인네가 빨간 꽃무늬 장화를 신고 앉아 나물을 다듬고 있었다.

소똥냄새 나는 우사를 무시해도 좋을 만큼 아름다운 꽃마당을 지닌 집이었다. 나는 그 집 꽃마당에 빠져버렸다. 앞뒤 계산도 없이 할머니에게 계약금의 일부를 드리고 영수증까지 받았다. 전세로 나와 있던 집이었지만 월세로 돌릴 수 있겠냐고 조심스럽게 물었더니 할머니는 월세가 훨씬 좋다며 처음 말한 금액에서 5만 원을 깎아주셨다. 열흘 뒤 정식으로 계약을 하겠다고 약속하면서도 열흘까지 미룰 것은 없다 싶을 만큼 4월의 꽃마당이 나를 유혹했다. 그랬어도 굳이 열흘의 말미를 얻은 건 이사를 결심한 두 해 전부터 몇 번의 시행착오가 있었기 때문이었다. 남편과 딸애 몰래 날린 계약금이 이백만 원이나 되어서 이번엔 날려도 무방한 가계약 금액을 준비했고, 계약 날짜에도 열흘의 말미를 두며 나름대로 조심을 했던 거였다.

스무 해를 살았던 C시를 뜨자고 맘을 굳힌 뒤로 우리는 토지권이 없는 집들을 알아보고 다녔다. 집만 매매하는 주택에는 지상권이란 말을 쓴다는 것도 알았다. 지상권 주택을 찾아 군산이나 김제까지도 가 봤지만 맘에 드는 집을 구할 수가 없었다. 게

다가 20년을 살았던 C시를 기반으로 살아야 할지도 모른다는 생각이 들면서는 조금 더 가까운 지역으로 집을 알아보자던 차였다. C시 버스터미널에서 이곳 버스터미널까지는 한 시간 반 거리였고 그 거리는 우리가 정한 범위 안이었다.

그때까지 나는 이 고장을 방문한 적이 없는 사람이었다. 그런데도 이곳으로 이사를 와야지 생각했던 것은 순전히 꽃마당이 어여쁘던 그 집에 매료되어서였다. 확실히 할머니의 꽃마당이 트리거가 되었지만 돌이켜보면 버스에서 내려 그 집을 찾아가는 내내 코와 살갗에 닿아 '이 판단이 옳다'고 믿게 한, 거칠게 말하자면 70년대의 햇살 같은 것이 나를 이곳에 잡아 앉혔다는 생각을 하며 나는 한 시간이나 머물던 2층 창가를 벗어난다. 참 좋구나, 나도 모르게 고요한 탄식이 새어나온다.

*

아래층으로 내려오면 우선 물뿌리개에 물부터 받기 시작한다. 작은 마당 둘레에 놓인 크고 작은 화분들이 주둥이를 빼금대며 나를 반기고 있어서다. 지금 우리 세 식구가 살고 있는 이 집은 어여쁜 꽃마당을 지니고 있던 그 집이 아니다. 그 집과의 인연은 그해 4월부터 10월까지 딱 6개월로 끝이 났다. 임대계약이 파기된 데엔 여러 이유가 있었지만 가장 큰 이유는 그 집을 우리가 단독으로 쓸 수가 없었다는 거였다. 나는 안채와 곁채 모두를 우리가 사용하게 될 줄 알고 계약을 했던 거였는데 할머니는 곁채에 있는 짐을 뺄 수는 없다고 했다. 게다가 곁채를 당신이 가끔 사용할 거라고도 했다. 두 채를 다 사용해도 우리가 지닌 짐에 비해 턱없이 공간이 부족했는데 좁은 마루와 쓸데없이 큰 주방을 빼면 작은 아랫방 윗방이 전부인 안채에 살아남을 우리의 짐은 이부자리밖에 없어 보였다. 우리가 지닌 짐의 성격으로 보아 이불과 밥그릇만으로는 살림을 할 수는 없는 노릇이었다. 그리하여 나는 작업실로나 써보며 이 도시가 살만한지 알아보는 시간을 벌자고 황급히 계획을 수정했다. 작업실로 쓰자 해도 문제가 되는 게 또 있었다. 집주인 할머니가 꽃마당이 어여쁜 그 집을 매일 드나들었던 것이다. 계약 당일엔 350평의 뒷밭까지 부치라고 했으나 그 비탈 밭은 반 넘어 과일동산이었고 평지엔 이미 할머니가 심어놓은 작물들로 틈이 없었다. 밭엔 할머니가 키우는 마늘, 양파, 고추, 쌈채소가 가득 차있어서 내가 심은 작물은 고추 열 모가 전부였다.

할머니는 할아버지 아침밥을 챙겨주고는 버스를 타고 나오면서까지 꽃마당으로 들어서곤 했다. 할아버지가 요양시설에서 집으로 돌아오는 시간에 맞추어 다시 버스를 타고 아파트로 나가서는 다음날 아침 다시 꽃마당으로 출근을 했다. 할아버지는 퇴직공무원이셨는데 파킨슨과 치매가 함께 와서 영 딴사람이 되어버렸다고 했다. 이 시골에서는 간병이 어려워서 병원 가까운 아파트로 이사를 하게 되었다고 했다. 할머니는 그 아파트가 세상 답답하다고 하소연을 하곤 했다. 나라도 어여쁜 꽃마당을 아무에게나 맡기지 못했을 터이지만 할머니는 결국 내가 작업실로나 밖에 쓸 수 없어 주에 하루 이틀 머무르는 그 집을 너무 자주 드나들었다. 나는 점점 더 그 집에 가는 횟수가 줄어들었고 어느 달은 한 번도 가지 못한 채로 월세만 물기도 했다. 석달을 그렇게 보내며 맘을 볶았다. 다행히 남편 친구 k씨가 마침 할머니의 집을 아주 좋아하게 되어 주말마다 내려와 이용했는데 월세의 반을 보태주기까지 하여 사나웠던 심사가 누그러졌다. 계약기간은 2년이나 되었고 우리 가족이 그 집으로 이사를 하는 건 불가능했으며, 작업실로도 제 기능을 못하던 그 집을 주말마다 찾아와 주는 k씨가 고마웠다. 마침 한적한 시골살이를 계획중이던 k씨와 할머니는 같이 점심도 해먹고 밭도 매고 잘 지내는 것 같았다.

그러던 8월 어느 날, 무슨 일에 심사가 복잡해진 나는 모처럼 꽃마당집을 찾아가던 중이었다. 그날도 시외버스로 1시간 30분을 달려와 시내버스를 갈아타고 꽃마당으로 가는 버스를 환승하기 위해 정류장에 내려 길을 건널 참이었다. 한여름의 뙤약볕에 숨이 멎고 다리가 휘청대서 잠깐 몸을 기댄 곳이 복덕방이었다. 내 눈에 복덕방 유리문 앞에 붙어 있는 주택매매 쪽지 중 하나가 들어왔다. 시내버스를 놓치면 한 시간을 더 기다려야 했지만 나는 복덕방 문을 열고 안으로 들어갔다. 더위에 지쳐 들어온 사람 마냥 한동안 나는 아무 말도 않은 채 에어컨이 가동되는 실내에서 시원하게 땀을 식혔다. 복덕방 젊은 남자는 용건을 재촉하지 않았고 잠시간의 피서를 허락했으며 내가 정신을 차리고 유리문에 붙어있는 매물 하나를 보고 싶다하자 냉방이 잘 되는 승용차로 걸어가도 될 거리에 있던 그 집으로 데려다 주었다. 가파른 산동네에 자리한 그 집 대문이 잠겨 있어 실내는 볼 수 없었으나 겉으로 보기에 나쁘지 않았다. 허름하지만 2층집이어서 책을 놓을 공간이 많겠다 싶었고 무엇보다 이 더운 날에 고객을 살뜰하게 응대하는 복덕방 젊은 남자의 수고에 값하고 싶어져 나는 덜컥 가계약을 하고 말았다. 정식 계약을 보름—이제까지 중에 가장 시간을 많이 벌어놓은 기간—뒤에 할 수밖에 없는 나의 상황들을 장황하게 설명하며 가계약서에 명시한 날짜에 틀림없이 계약을 하러 오겠노라 약속을 했다.

주택의 매매 값은 절대로 비싸다고는 할 수 없었지만 셋집을 알아보던 우리가 감당하기엔 벅찬 금액이었다. 그런데도 무엇에 홀린 듯 가계약을 해놓고는 꽃마당 집에 이틀을 머무는 내내 나는 무슨 짓을 한 거냐고 심각하게 스스로에게 묻기 바빴다. 무리하게 일을 결정했다는 생각으로 전전긍긍하며 이틀을 보냈다. 그 이틀 동안 이상하게도 할머니는 나타나지 않았다. 대신 k씨가 이 도시에 사는 필자를 만나러 왔다가 잠시 들렀다. 낯빛이 어두운 이유를 물었고 나는 저간의 사정을 알려주었다. 할머니에게 맡긴 보증금 외에 달리 계약금을 구할 수 없다는 내 말을 듣던 k씨가 집 보증금에 해당하는 금액을 우리에게 마련해 주고 나중에 할머니와 계약이 끝나면 할머니에게서 보증금을 받겠노라 하는 거였다. 세상엔 참으로 고마운 친절이 있다. 계약금을 따로 빌리지 않아도 되니 고마웠지만 k씨에게 너무 무례한 부탁을 한 것 같아 얼굴이 붉어졌다.

그런데 그런 일이 있고 한 달이 안 되어 할머니가 변심을 하고 말았다. 집을 빼라는 거였다. 그걸 할머니의 변심이라고 하면 이중계약을 한 나의 책임을 할머니에게 돌리는 일이 되는 걸까? 그럴지도 모른다. 하지만 2년 계약에 세입자만 바뀌었지 월세도 꼬박꼬박 낸다는데, 방을 빼라는 건 너무 과한 처사라고 여겨졌다. 무엇보다 할머니 집을 맘에 들어 하는 k씨에게 이 상황을 어떻게 얘기해야할지 난감했다. 할머니가 말해준 계약파기의 이유는 이랬다.

"윤여사, 할아버지를 결국 요양병원으로 모셨어. 그래서 아파트를 세 주고 내가 이리로 다시 들어올 생각이여."

할머니는 나를 부를 때 '윤여사'라는 호칭을 썼는데 태어나 처음 들어보는 호칭이었지만 '윤여사'하는 목소리엔 은근한 정이 묻어 있어 그 호칭으로 두드러기까지 나지는 않았다.

"윤여사, 먼저 약속을 어긴 이는 자네여. 자네가 들어와 살겠대서 세를 준 거지, 자네 남편 친구가 들어와 살겠다고 했으믄 나는 아마도 다른 사람을 구했을 거여. 윤여사랑 도란도란 재미나게 살려고 세를 준 거여. 5만 원이나 깎아서 말이여."

나는 아주 많이 당황을 했다. 할머니는 나보다 k씨랑 더 잘 지냈다. 그이 덕에 힘깨나 들어가는 밭일을 수월하게 했다는 말을 한 것도 할머니 본인이었다. 나는 요령 있게 건장한 남정네의 힘을 빌릴 줄 아는 할머니가 가끔 징그러웠다. 그뿐이 아니었다. 멀리 떨어진 요양병원에도 k씨의 차를 이용하여 답사를 다녀왔다는 사실도 알게 되었다. 게다가 할머니는 계속 그 집을 들락

거렸으므로 고독하게 집중하고자 했던 나에게 작업공간을 빼앗는, 계약당시의 말과는 다른 행태를 보인 사람은 할머니가 먼저였다. 더군다나 '도란도란'이라니. 나는 정말이지 머리를 흔들 수밖에 없었다. 친정엄마나 시어머니도 아닌데, 또 다른 노인네와 도란도란할 심적 여유란 게 내게는 없었다.

이십 년째 친정엄마는 병중이었고 시아버지가 돌아가신 후론 시어머니는 물 만난 고기처럼 각지의 유명한 절을 돌아다니고 있었다. 딸이자 며느리인 나는 노인들이 조금 지겨웠다. 재작년에 돌아가신 시아버지에게서는 일찍 돌아가셔서 그리웠던 아버지의 정을 느껴 돌봄이 힘겹지 않았는데 할머니들은 달랐다. 무슨 연유인지 찬찬히 헤아릴 새도 없이 나는 할머니들을 지겨워하게 된 모양이었다. 어쨌거나 심심풀이로 돌려본 '당신의 생활나이는 몇 살인가?'란 테스트에선 내 생활나이를 85세라고 알려줬는데 정말이지 아찔했다. 30여 년을 뺀 내 나이로 살아야겠다 싶었지만 그게 생각처럼 쉬운 일이 아니었다.

할머니가 집 계약을 파기하면서 할머니의 꽃마당을 더 볼 수는 없게 되었다. 할머니의 한숨과 원망을 아는 순간 단번에 이해가 된 그 붉고 신나고 옹기종기였던 마당. 할머니가 부엌에 깜빡 두고 간 농사일지인지 가계부인지 모를 노트 한 권엔 동네 대소사와 마을 잔치와 자녀들의 학비와 할아버지의 행패(치매 이후 할아버지가 부린)에 나간 값들이 빼곡했다. 할머니의 자녀가 셋이란 것도 그 노트에서 알게 된 거였다. 삼남매 중 할머니에게 오롯이 남은 건 큰아들뿐이었다. 막내아들을 사고로 여읜

아픔은 너무 깊어 단 한 줄이었지만 둘째 딸이 사이비종교에 빠져 집을 떠난 회한은 길고 길어 내내 이어지고 있었다. 할머니의 한숨과 눈물이 노트를 일렁대게 만들었는지 글씨는 파도처럼 너울대고 있었다. 도대체 노트에 무언가를 쓴다는 것은 무슨 뜻일까? 나는 쓰기를 업으로 삼은 자로써 숙연해졌다.

요즘처럼 꽃향기 가득한 계절이면 그 마당이 생각나 눈물이 핑- 돌기도 한다. 사진이라도 한 장 찍어두었다면 좋았겠다고 아쉬워하면서도 꽃들이 이야기를 보내오던 '도란도란'한 마당을 찾아가 볼 엄두는 내지 못한다. '도란도란'에 자꾸만 걸려 넘어지는 것이다. 마당수도에서 뒷밭으로 연결한 이 파란색 15미터 고무호스에 발이 걸려 기우뚱하듯이.

"화가 많은 사람들이 꽃에 물을 주는 거라던데."

딸애가 화분들에 물을 줄 때마다 하는 말에 나는 화들짝 놀라곤 했다. 어쩌면 그럴지도 모르겠다는 생각이 든다. 할머니 꽃마당도 이곳의 화분들도 제 타는 속에 물을 뿌려 좀 꺼보려던 여자들의 결과물일지도 모르겠다.

짐을 빼던 날엔 세를 주지 않고 할머니가 쓰던 곁채의 문에 자물쇠가 열려 있었다. 꽃무늬 장화가 어지럽게 뒹굴고 열쇠도 채 못 채우고 나간 어수선한 흔적엔 황망히 일을 멈추고 요양병원으로 어디로 달려 나갔을 할머니의 다급함이 고스란히 남겨져 있었다. 시골집에선 할아버지를 간병하기가 힘겨워서 마련한 저 시내 강가에 자리 잡은 아파트로 할아버지를 다시 모셔왔다며 할머니가 꽃마당 어여쁜 그 집을 다시 세를 놓겠다는 전화를 걸어온 것은 우리가 짐을 빼고 채 한 달이 안 되어서였다.

"윤여사, 아무래도 내가 끝까지 할아버지를 거둬야 할 거 같아. 병원에서는 할아버지가 더 난폭해진다고 하네. 큰애는 내가 고생이라며 말리지만 그래도 그러는 게 아니잖아? 아직 내가 힘이 있으니 그나마 다행이지 뭐. 그나저나 시골집은 다시 세를 내놓아야 할 것 같은데 윤여사 친구들에게 좀 알아봐 줄 터여?"

할머니는 이제 꽃마당에 자주 가지는 못할 것 같다며 한숨을 쉬었다. 그래도 카랑카랑한 목소리는 여전했다. 우리들 친구 중에 세를 들어올 사람이 있는지 알아봐 달라는 부탁이었다. 그 사이 k씨는 새로운 일로 바빠져 서울에 매여 지냈고 시골로의 귀촌은 당분간 어려울 듯했다. 다시 보름이 지나서 할머니로부터 전화가 왔다. 세입자를 아직 구하지 못한 것 같았다. 그것이 할머니와의 마지막 통화였다. 겨울에 보일러가 얼까봐 계약하던 봄부터 그렇게 걱정이었는데 보일러는 또 누가 관리를 하려는지 하는 생각에 나도 걱정이 되었지만 모자라는 잔금을 마련하고 오래 비어 있어 망가진 이 집의 수리를 하느라 걱정이 길게 이어지지는 않았다. 어쩌면 작고 가냘픈 몸을 이끌고 여전히 날마다 할머니가 마당을 오가는지도 모르겠다고 지레짐작을 하며 겨울을 맞았고 이집으로 이사를 하고부터는 꽃마당과 할머니에 대해 까마득하게 잊고 지냈는데 세 해나 지난 이즈음 갑자기 할머니가 궁금해지기 시작했다. 주소록에서 사라진 건지 아예 저장을 해두지 않은 건지 조선시대 유학자를 연상케 하는 이름을 지녔던 할머니의 전화번호를 찾을 수가 없어 카랑한 목소리도 들을 수가 없었다.

할머니의 아파트에서 걸어서 10분 거리에 살고 있지만 우연하게라도 할머니를 만난 적이 없다. 이사하고 얼마 지나지 않아 시장 버스정류장에서 할머니의 꽃무늬 장화와 꼭 같은 장화를 신고 버스를 기다리던 노파를 지나쳤는데 어여쁜 꽃마당의 주인인 할머니였던 건지는 알 수 없다. 아직도 두루마리 휴지 대신 자른 신문지가 놓인 화장실만큼 낡은 사람들이 동네로 데려다 줄 버스를 기다리며 옹기종기 앉아 있는 버스정류장 그 많은 인파 중에서 노인네 하나가 혹시 나를 발견하고 "윤여사"하며 말을 붙여올까 봐 나는 지레 겁을 먹어 고개를 숙이고 재빨리 노파의 곁을 지나쳤던 것이다.

*

이 빨간 장화는 커다란 파란 장화와 귀여운 까만 장화와 함께 작년 봄에 구입한 것이다. 앞일이 도무지 가늠이 안 되는 팬데믹이었다. 앞으로 어떤 일이 벌어질지 가늠조차 되지 않는 상황에서 우리는 30분이나 버스를 타고 나가야 갈 수 있는 KTX역 인근 산밭을 농어촌공사를 통해 임대했다. 700평 매실 밭을 연세 30만 원에 임대하기로 냉큼 결정해버린 것도 그 밭 가득 피어난 매화 때문이었다. 꽃밭을 보면 두 번 생각할 것도 없이 계약을 해버리는 사람은 3~4월 꽃이 피어날 무렵엔 집 마당이나 밭을 기웃대지 말아야 한다.

겨우 일 년 전 일인데도 당시 세계나, 우리나라 상황이 어땠는지는 정확하게 기억나지 않는다. 하지만 연구자들이나 의사들에게나 익숙했던 코로나란 말을 일반인인 우리가 이미 알고 있던 때였다. 2020년 새해 벽두부터 나와 남편은 동무들과 베트남 여행을 다녀왔는데 귀국 이틀 만에 나는 지독한 몸살을 앓았다. 이 기억은 코로나란 전염병과 늘 같이 떠오른다. 어쩌면 이미 그때 베트남에서 혹은 공항에서 혹은 비행기 안에서 전염이 되었을지도 모르겠다는 생각은 목이 칼칼하거나 몸살기운이 있으면 어김없이 생겨났다.

　딸애를 동행하지 않고 해외여행을 다녀오면–오키나와, 오사카, 교토, 나트랑 모두 함께 간 동무들이 우리 부부의 비행기 값과 숙박비를 지원했다– 우리 부부는 딸애와도 그곳을 다시 가고 싶어졌지만 세 식구가 해외여행을 한다는 것은 그저 꿈이었다. 그런데 고 2 크리스마스 무렵 아이의 눈에 문제가 생겼다. 여러 검사를 했으나 복시의 원인을 찾을 수 없었고 아이는 한쪽 눈을 안대로 가리라는 처방 외에 아무런 조치도 없이 크리스마스를 맞았다. 아이 외할머니는 손녀의 병증을 치료하라고 통장을 내밀었는데 대학입학때 도움을 주고자 얼마씩 모아오던 통장이었다. 우리는 그 통장을 가지고 동무들과 한 달 전에 다녀온 오키나와로 튀었다. 그곳에서 아이는 6박 7일 내내 안대를 하고 다녔는데 귀국후 거짓말처럼 눈이 나았다. 복시가 사라졌던 것이다. 그게 아이의 첫 해외여행이었다. 그때 우리는 아이와 약속을 했다. 해외여행은 꼭 함께하기로. 그러나 우리 부부가 함께 책을 읽던 친구들과 오사카와 교토를 다녀온 뒤엔 딸애와 함께 다시 그곳엘 다녀오지 못했다. 그래서 베트남 여행을 다녀온 직후, 아이의 친할머니가 기초연금에서 2만원씩을 떼어 4년을 부은 적금 통장을 내밀었을 때, 우리는 아이와 함께 밀린 숙제 같던 오사카와 교토를 다녀오자고 의기투합했다. 서둘러 비행기 티켓을 예매했고 숙소를 예약했다. 2020년 1월 27일에서 2월 4일까지 8박9일 동안 우리는 이웃 섬나라의 햇살아래 있을 줄 알았다. 1월 20일, 출국 일주일 전, 그러나 우리는 그 모든 계획을 취소했다. 숙소 예약 취소 이유를 묻는 메일에 코로나 때문이라고 답장을 내지 않고 집안의 사정이라고 한 걸 보면 코로나가 아직 그렇게 심각하게 우리의 의식 안으로 들어온 건 아니었던 것 같다. 의식 안으로 들어왔대도 그것이 이유라고 말하기엔 뭔가 미진한 아직은 잘 모르는 낙관 같은 게 그때까지는 있었던 것 같다. 다행히 입실 일주일 전까지는 페널티 없이 숙소의 예약취소가 가능했다. 비행기 티켓은 저렴한 거여서 페널티가 컸지만 그렇더라도 그 이후 급박하게 돌아간 국내 코로나 관련 상황을 보면 우리의 선택은 신중했고 옳았다는 생각이 든다. 설 명절에도 친정을 갈 수가 없었는데 오라비가 지독한 감기몸살을 앓고 있어서였다. 나는 그 몸살도 나에게서 옮겨간 거라고 생각했다. 내가 틀림없는 바이러스의 숙주처럼 여겨졌다. 딸애와 남편은 어쩔 수 없었지만 사람을 만나면 안 된다는 생각이 점점 더 커져가고 있었다. k씨가 엮어준 초등학생용 학습지 원고를 쓰며, 뭘 해야 할지 모를 때마다 입버릇처럼 뇌까리는 날씨를 입에 올리며, 이 겨울은 눈이 좀처럼 안 내리네, 하는 싱거운 소리나 하면서 창궐한 전염병을 애써 무시하려고도 했다. 친정노모는 요로감염이 심해져 병원에 입원 중이었지만 외출에 대한 스트레스가 높아져 병문안을 해야할지 말아야할지도 결정을 못하는 지경이 되었다. 이제 우리는 이 작은 집에 영영 갇히는 걸까? 이제 실내에선 안심하고 사람을 만난다는 게 불가능하다는 말인가? 세계에 대한 경험을 확장하겠다고 여행을 다녀와 새로운 여행을 꿈꾼지 이십 여일 만에 해외여행은 고사하고 집 밖으로 산책을 나가는 것도 부담이 되는 상황을 맞이했던 것이다. 그때부터 나는 농지은행 사이트를 기웃거렸다. 그래서 얻은 게 고속철도역 인근 매실 밭이었던 것이다.

　3월 초순에 5년짜리 임대계약이 개시되었고 세 식구는 장에 나가 장화 세 켤레를 샀다. 오사카 대신 밭으로, 교토 대신 밭으로 나갔다. KTX역 부근 밭을 임대한 건 무슨 일이 생기면 언제라도 급히 떠날 곳에 있어야 한다는 불안감 탓이었을 것이다. 어쩌면 동무들이 오기 편하라고 역에서 가까운 그 밭을 임대했을지도 모른다. 장마가 오기 전까지 3월, 4월, 5월, 거의 매일 같이 우리 세 식구는 마스크를 쓰고 장화를 신고 버스를 타서는 창문을 열고 손잡이를 만지지 않으려고 애쓰며 밭을 오갔다. 버스를 타는 건 두려웠지만 인적이 없는 7백평 산밭에선 안심이 되었다. 마스크를 벗고 생수통에 받아간 물로 손을 씻은 뒤에 매실 밭에 마련한 파라솔 아래에서 도시락을 까먹고 음악을 틀어놓고 앉아 깜빡깜빡 졸기도 했다. 장마는 두 달 가까이 이어졌고 코로나는 진정될 기미가 없었다. 우리는 밭으로의 산책마저 포기해야 했다. 병원에 입원 중인 노모와도 면회가 금지되었고 수화기 저편에서 오라비가 자주 울었다. 장마가 끝난 어느 날 처참한 작물(옥수수, 참외, 오이, 수박, 고추 등이 다 녹아 있었다)의 모습에 충격을 받은 우리는 그 뒤론 밭을 아예 방치했다. 밭은 버스를 타고 반시간이나 있는 곳에 두면 안 된다는 것을 안 게 소득이라면 소득이었다.

이 도읍지—네 해째 이곳에 살다보니 이곳은 도시라고 부르기도, 읍이라고 하기도, 그렇다고 그저 이곳이라고 부르기에도 성에 안 차는 어떤 특징들이 있어 나는 여길 도읍지라고 부른다—의 햇살은 남다르다. 나는 이 햇살을 종종 70년대의 햇살이라고 불렀는데 내 코와 피부를 한껏 자극한 햇살이란 뜻이었으며 아주 오랫동안 잊고 있었다는 뜻이기도 했다.

초등학교에 입학하기 전까지 나는 봄, 여름, 가을, 겨울이라는 계절의 순환이나 추석, 설의 도래로 한 해가 얼마큼 지나가고 있고 또 새해까지는 얼마만큼 남았구나 알던 아이였다. 1974년, 초등학교 입학 후 내가 가장 많이 사용한 글자는 한글이 아니라 아라비아 숫자 1974였다. 매일매일 하루도 빠짐없이 썼던 일기 첫 줄에 왜 그랬는지 몰라도 나는 연도까지 쓰는 버릇이 들어 있었다. 숫자로 된 연도를 쓰면서 내 불분명한 시간관념(그때 엄마는 마루에 드는 그림자로 시간을 정확히 알았는데 나도 엄마로부터 배운 해그림자 시계를 정확히 볼 수 있었다)에 획기적인 변화가 왔다. 외갓집 마루 벽에, 학교 교무실에도 꽤

종시계가 있어서 촘촘하고 계획가능한 시간이 갑자기 내 눈앞에 펼쳐졌던 것이다. 75, 76, 77, 78, 79년까지가 내 초등학교 시절을 통과한 연도들이다. 일기쓰기로 여러 번 상도 받을 만큼 나는 일기쓰기 왕이어서 매일 일기를 빠뜨리지 않고 썼는데, 내 평생의 연도 중에 1974만큼 나의 머릿속에 강렬하게 박힌 연도는 없다. 첫 충격 이후에 오는 충격은 흔적을 덜 남기는 모양이었다.

책보를 둘러차고 학교로 가며 너무나 푸근해서 손을 대어보던 흙 담벼락에 스며들던 쩽한 볕 냄새를 이 도읍지에서 다시 맡을 수 있었다. 1978년—그해 5학년이던 나는 12월 초 서울로 전학을 했다. 6학년이 되면 도시로의 전학이 불가해서였다—까지 내가 살았던 군(郡)의 인구도 지금 이 도시의 인구수와 비슷한 10만 남짓이었다는 걸 우연히 알게 되었다. 혹시 10만이라는 인구수를 넘기면 이 햇살들이 사라지는 걸까?

높은 건물들에 뒤틀리지 않고 그대로 내려오는 햇살이 아까워 나는 아침 일곱 시면 어김없이 일어나 햇살 아래 몸을 두기 바쁘다. 남편과 딸애는 9시나 되어야 일어났으므로 두 시간은 오로지 나와 햇살의 시간이었다. 나는 빨간 장화를 신고 밭으로 나간다. 햇살과 재미나게 지내며, 더 없이 좋다, 라고 나도 모르는 새에 중얼거리곤 한다. 할머니의 꽃무늬 장화처럼 이력이 오랜 장화는 아니지만 이 빨간 장화를 신으면 힘이 불끈 난다.

우리집 뒤 묵은 밭은 세 층의 다락밭이었다. 우리가 사용하게 될 곳은 가장 아래 하수구와 접한 곳이었다. 밭으로서는 가장

난감한 위치였다. 빗물이 고이는 곳이라 잡풀이 무성하여 장화를 신고도 감히 들어가 볼 엄두가 나지 않았다. 그곳에 자라던 두 개의 나무를 베어낸 이는 밭주인 김선생이었다. "애 엄마가 여기서 뱀을 보았다 하네요."하며 겨우내 숲의 나무들을 톱질하던 김선생이 푸릇푸릇 봄이 올라오자 "여기를 밭으로 만들어 쓰시라"는 반가운 제안을 했다. 그러나 당장 담을 허물지는 못했다. 처음엔 밭과 관계된 대여섯 가구와 얽히기 쉽다는 걱정에서였지만 나중엔 피치 못하게 서울로 올라가 열흘 가까이를 지내야했기 때문이었다. 파란 장화를 신은 남편이 마침내 묵정밭을 막아선 집의 뒷담 일부를 해머로 허물기 시작한 건 밭주인 김선생이 우리집에서 밭으로 나가는 계단을 놓아 놓고 보름을 더 기다리고 있던 3월 초였다.

아직 풀들은 연했지만 커다란 맨홀과 면해있는 작은 밀림을 밭으로 만드는 데엔 일주일이나 소요되었다. 봄비 몇 번에 당장이라도 불길처럼 살아날 환삼덩굴과 이리저리 얽힌 넝쿨들을 거두는 데에 하루가 갔다. 두 개의 커다란 나무뿌리가 드러난 곳을 피해 땅을 팠다. 땅 속 가득 차 있던 쓰레기들이 비료부대로 일곱 부대가 나왔다. 깨진 사기편들과 플라스틱류, 깨진 농약병과 음료수 병이 다섯 부대나 나왔다. 땅속에 숨겨져 있던 비닐만 해도 두 부대나 되었다. 쓰레기 부대에 질려 땅을 일구는 걸 그만두고 싶어지기도 했으나 다행히 일주일 만에 땅 속 쓰레기가 다 치워졌다. 상토 열 부대를 사다가 밭을 덮었다. 그사이 정갈한 아랫집 밭과 내가 만든 밭 경계에서 김선생의 톱질을 비

껴간 나무 하나가 활짝 피워냈던 매화가 졌지만 내가 경작할 밭은 주변의 다른 밭들처럼 정갈해졌다.

위에서 흘러내리는 빗물 길을 내지 않으면 식물들에게 해로울 게 분명했다. 자연스레 난 물길을 따라 물고랑을 내었기에 물고랑은 비탈 밭 중앙을 가로지르게 되었다. 물고랑 저쪽으로 위가 넓은 역삼각형의 계단식 밭이 만들어졌고 고랑 이쪽은 아래가 넓은 삼각형의 밭이 되었다. 물고랑 저쪽 계단밭 제일 긴 두둑엔 대파를 그 아랫두둑엔 꽃상추를 꽃상추 아랫두둑엔 쑥갓을 쑥갓 아랫두둑엔 청상추를 심었다. 아래로 흐르는 밭둑엔 저 윗밭 아주머니가 나눠준 부추를 심었고, 부추 밭둑 아래 물고랑엔 장날에 사서 먹고 남은 미나리를 심었다. 물고랑 이쪽 계단밭엔 아래서부터 돼지감자, 그냥 감자, 오이를 순서대로 심었다. 미나리고랑과 이어진 길쭉한 밭은 그나마 평지여서 내가 자주 머물지만 좁은 고랑 탓에 여기서도 비탈 밭만큼이나 이동은 불안정하다. 미나리 옆엔 고추가, 고추와 이어져 토마토가, 토마토 옆으로 잎들깨가 심어져 있다. 좁은 고랑 이쪽으로는 적겨자와, 적상추, 담배상추가 평평한 바위를 감도는 물고랑과 만나고 있다. 작물이 자라는 공간 둘레로 물길이 가장자리를 둘러싸고 있는 이 기하학적(두 개의 삼각형과 긴 사각형 하나)인 밭은 물고랑까지 다 합쳐봐야 네댓 평이 채 안 되었지만 매일 바구니 가득 쌈채를 제공하고 있다.

나는 두둑해진 바구니를 들고 비탈을 올라 김선생이 놓아준 계단에 발을 딛는다. 각목과 비닐로 얼기설기 엮어 만든 쪽문을 돌로 살짝 기울인 뒤 다육이 화분이 놓인 벽을 지나 이쪽 손바닥만 한 앞마당으로 나온다. 마당 수도 아래에 놓인 스댕 양푼에 물이 차오르고 쌈채가 우르르 쏟아진다. 나는 빨간 장화를 절벅거리며 바닥에 묻은 흙을 떨어낸 뒤 수돗가에 놓인 파란 장화, 까만 장화 곁에 나란히 둔다.

쓰레기와 쓰레기를 감쪽같이 덮고 있던 덩굴들이 거두어지자 작고 귀여운 까만 장화가 가끔 밭으로 나오곤 했다. 물길을 내고 밭이랑을 만들고 상추와 쑥갓 토마토를 심을 때면 까만 장화가 감탄으로 힘을 주었다. "세상에서 가장 작은 계단식 밭이네. 멋있다. 멋있어." 작년 우리가 파라솔을 놓겠다고 땅을 평평하게 고르던 그 매화 밭 그늘에서도 펜데믹을 예견했다는 듯 1년 휴학을 하고 이곳으로 내려온 까만 장화는 잔뜩 상기된 목소리로 "멋있네, 멋있어."를 남발하여 부모의 노동력을 한껏 끌어 올렸었다. 버스를 타고 우금치 터널을 지나, 국립정신병원을 지나, 굽이굽이 산을 넘어가야 나오는 그 매화 밭은 너무 멀어서 집 뒤에 텃밭이 생기지 않았어도 임대계약을 파기할 판이었다. 다행히 곧 다른 사람이 그 밭을 임대해 농사를 짓게 되었다는 소식을 들었다. 앞으로 5년 동안 농어촌공사가 매개해 주는 밭을 빌릴 수 있는 자격이 박탈된 건 아쉬운 일이지만 우리집 수돗가엔 믿음직한 파란 장화, 작고 귀여운 까만 장화, 농사꾼의 면모를 갖춰가는 빨간 장화가 남겨졌다.

딸애와 남편이 계단을 내려오는 소리가 난다. 이렇게 혼자서 숨 가쁘게 놀아도 고작 9시다. 이젠 나 혼자가 아니라 딸애와 남편까지 가세했으니 오늘 하루는 또 얼마나 재미가 좋을까.

"엄마, 오늘 아침엔 뭐를 해 먹을까?" 딸애의 아침인사는 한결같고 "뭘 해 먹을까?" 나의 대꾸도 늘 꼭 같다. 하루를 또 잘 놀자면 우선 아침밥을 맛있게 먹어야겠는데 오늘도 상추요리밖에 생각이 나질 않는다. "내가 뭐 좀 만들어볼 테니, 조금만 기다려봐." 딸앤 스댕 양푼에 가득한 쌈채엔 눈도 주지 않고 안으로 성큼성큼 들어가며 말한다. 상추요리에 이골이 난 모양이다.

*

이달의 역사인물은 동성왕이구나. 남편이 말했다. 이 도읍지는 매달 역사인물을 선정해 사람들이 모이는 곳곳에 광고를 하고 있다. 주민센터 앞 게시판에도 역사인물 포스터가 붙어 있었다. 700평 매실 밭에 농지원부가 나와 있다는 것을 우리는 몰랐다. 농어촌공사 농지임대 부서에서 농지원부를 만들어 제출하라는 얘기를 듣고 주거지 주민센터에 신고를 했던 일도 까맣게 잊고 있었다. 그렇더라도 농어촌공사나 주민센터가 나에게 연락을 했어야했다. 이미 임대계약이 파기되어 소정의 위약금마저 문 뒤에야 나는 농지원부가 발급되어 있다는 것을 알았다. 느닷없이 농지원부를 삭제하라는 명령은 그래서 불쾌했다. 행정기관이 시민들에게 관심이 없다는 인상이 들어서였다. 마침 점심시간과 겹쳐져 주민센터 창구에 앉아 업무를 보는 직원은 남녀 두 명뿐이었는데 목소리가 지나치게 컸다. 귀가 따가워

도저히 안에 있기가 힘들었다. 젊은 남자의 큰 목소리는 민원을 보던 노인네를 꾸짖듯 들렸고 노인네는 주눅이 잔뜩 들어 있었다. 창구에 앉은 젊은 여자 역시 질세라 목소리를 높여 전화로 민원을 상담하고 있어서 우리는 업무개시 시간만 확인하고 밖으로 나왔다. 배가 고파서 그럴 거야, 하며 남편이 그들을 두둔하려 해서 모녀가 버럭 성질을 냈다. 점심시간에 두 명을 남겨 업무를 보게 한다는 것은 민원인에게 함부로 성질을 부리지 말라는 것 아니야? 하며 딸애가 성질을 못 참고 씩씩거렸다. 나 역시 부아가 치밀어 성토를 하고 싶었지만 그래봤자 딸애 성질만 더 부채질할 것 같아서 입을 다물었다. 장날인데, 장이나 한 바퀴 돌아보자, 한 건 남편이었다.

5일장이 서는 큰 시장이 있다는 건 얼마나 숨통이 트이는 일인가. 규모도 너무 크거나 작지 않고 적당한데다가 일목요연하게 그 위치며 품목들이 눈에 들어와 아기자기하며 정갈한 맛이 나는 것도 우리는 좋았다. 다만 해가 바뀌고 날이 풀리자 시장을 찾은 방문객이 많아진 점이 맘에 걸리긴 했다. 우리는 사람들을 부쩍 피하고 있었다. 이곳으로 이사를 오며 고립 가운데에 있어보자 했던 것인데 팬데믹까지 겹쳐졌으니 사람 사이에 잘 존재하는 법을 자꾸만 잊어가는 것 같다. 서로의 안전을 위해서라는 좋은 명분이 있었지만 명분이 아무리 좋아도 우리 안에 감춰진 속내를 우리가 모를 수는 없었다. 우리는 어쩌면 이 도시로의 이사와 함께 사람에 대한 믿음을 상당 부분 버렸던 건지도 모른다. 더는 타인을 궁금해 하지 않으며 새로운 정을 나누지 않겠다는 맘이 들 때마다 한숨과 함께 사람의 도리가 아니지 싶어져 반성하는 일이 많아진 것도 그 때문이다.

우리는 인파로 넘실대는 시장의 복판으로 들어가지 못하고 주위만 빙빙 돌았다. 철물점과 청과상이 마주한 길바닥에 나무 묘목 시장이 섰기에 이 나무 저 나무 기웃대며 다음 목적지를 어디로 할까 고민 중이었다. 그때 철물점 뒤 전자대리점에서 나오는 꽃무늬 빨간 장화가 내 눈에 들어왔다. 키는 작지만 다부진 등으로 보건대 꽃마당 주인할머니가 분명했다. 달려가 꽃무늬 장화를 돌려세웠다. 처음엔 꽃마당이 이쁜 그 집 할머니가 틀림없다고 생각했지만 초점 잃은 눈은 나를 알아보지 못하고 있었다. 아이구, 죄송합니다, 하며 남편이 사과를 했고 그제야 나는 내가 아는 할머니가 아니란 걸 알게 되었다. 비슷하게 생기시긴 했네, 하며 남편이 내 옷소매를 잡아끌었다.

장날에만 파는 노점에서 야채 핫바 두 개, 치즈 핫바 하나를 사서 나오는 딸애를 만나 우리는 다시 주민센터 쪽으로 향했다. 한동안 단골로 찾아가던 삼겹살집을 지나쳤고 새로 생긴 한옥 카페 둘을 지나쳤다. 그늘도 없는 길에 내려와 꽂히는 햇살이 따가워 종종 눈살이 찌푸려졌다. 주민센터 옆 제재소에서 버리는 자투리 나무를 두는 곳을 기웃대다가 점심시간이 종료된다는 1시에 주민센터 두꺼운 유리문을 밀었다.

직원들은 대체로 책상에 복귀해 있었지만 목소리 크던 두 명은 아직도 업무를 끝내지 못하고 있었다. 놀라운 것은 그들의 높았던 목소리가 사근사근하게 낮아져 있었다는 것. 아 왜? 상

사가 복귀해 있어서? 딸애와 나는 눈빛으로 그런 말을 주고받았
다. 화가 올라왔지만 우리는 금세 담당직원을 만나 농지원부 말
소를 신청할 수 있어서 두 직원의 바뀐 모습을 두고 더는 성토
하지 않았다.

　우리는 말없이 서로의 등을 밀어주며 오르막길을 올라 집으
로 돌아왔다. 올 시월에 약정이 종료되는 정수기에서 받아 마신
냉수는 시원했고 사이좋게 나눠 먹는 핫바도 맛이 좋았다. 가팔
랐던 마음도 조금 누그러졌다.

*

　　　욕실 하수구뚜껑에 꼬리가 물린 지렁이가
　　　꼬리를 빼내려 애쓰며
　　　갈색타일 가운데 둥근 초록 덮개에 붙잡힌
　　　꼬리를 빼내려 애쓰며
　　　울며 하는 말

　　　멋있고 밝게 살아가도록 서로가 도와주면 안 되
나?
　　　그저 보고만 있나?

　　　길의 마지막 이빨에 잡힌 꼬리를 빼내지 못해 용
트림을 하던 지렁이가

죽은 척이다.

다시 힘을 모은 지렁이
부르르 깨어나 머리를
하수구덮개 자그마한 구멍 하나에 밀어 넣는다.
올라온 그 길이 원망스러울 테다.

붙잡힌 꼬리와 휘어진 머리와의 거리는 2센티미
터 정도
제가 저러고 3분을 버팅긴다. 이 추운 겨울 아침
에.

다시 머리를 타일 위로 빼낸 뒤
몸을 늘였다 줄였다 난리지만
꼬리를 문 하수구의 입은 열릴 줄 모른다.
덮개의 작은 구멍으로 다시 머리를 처박는데
이번엔 꼬리에서 좀 더 가까운 구멍이다.
지금 꼬리와 머리의 거리는 1.5센티미터 정도
다시 죽은 척이다.
갈색타일은 힘센 산호초를 연상시킨다.

지렁이 꼬리가 빠진 건 지렁이가 완전히 탈진했을
때였다.

저도 어떻게 꼬리를 빼냈지 모른 채 타일바닥 위
에 죽어있던 지렁이가

꿈틀 살아나

무사히 하수구 덮개 구멍을 찾아 머리를 들이밀었
다.

몸통과 꼬리가 잘 따라 들어갔다.

이모저모 난방을 하지만 실내온도가 10도를 넘지
않는 집 욕실을

지렁이가 무사히 빠져나갔다.

우리는 또 겨울 속으로 왔다.

남자가 붉은 눈을 들어 여자에게 말했다.

이제 더는 누군가를 곁에 두지 않겠다고 결심했으
면서도 당신과 마주하고 말았다. 당신이어서.

*

배에서 내리는데 휘청대는 몸을 부축해 주는 손이 있었다. 고
마웠다. 이곳이 웅진성이라고 알려준 것도 그 손이었다. 이 작은
왕성에서 나는 무엇을 해야 하는 것일까? 패망한 왕실을 저들은
왜 다시 이으려는 걸까? 두렵다. 아무런 연고도 없는 나를 왕으
로 앉혀 이리로 끌어내린 저 토호들의 눈빛이 나는 두렵다. 여
차하면 아무 때고 내 목에 칼을 내리칠 사람들에게 둘러싸여 이

곳에서 내가 뭘 할 수 있을까? 의젓하게 가슴을 앞으로 내밀고 걷고 싶지만 두 다리가 후들거린다. 배에서 내릴 때 나를 부축했던 손도 없이 나는 늪지를 통과한다. 산길을 오르고 또 오른다. 내 심사를 대신하여 뻐꾸기가 울고 꾀꼬리가 따라 운다.

산정에 평평히 다져진 터에 세워진 왕궁에서는 성 밖 사람들이 살고 있는 집들이 보인다. 아래로 큰 강이 흐르는 산정에 왕성을 쌓는 것은 우리의 오랜 전통이다. 민가는 대체로 성 아래에 조성되곤 했지만 이곳은 평지가 거의 없는 늪지여서 골골이 산에 기대어 민가들이 들어서 있다. 산상에 지어진 집들은 세력가의 부락일 것이다.

언제 또 고구려가 침입을 해올지 그것 역시 두렵다. 큰 산맥과 큰 강이 있지만 그들의 침입을 잠시 지체할 뿐이다. 합심하여 왕실을 지켜줄 세력이 나에겐 없다. 그저 꼭두각시로 삼으려는 세력들만 있다. 그래 성을 쌓자. 가능하면 많은 성을 쌓자. 왕실에 함부로 덤비지 못하도록 그들과 인척을 맺자. 가능하면 많은 부인을 두자.

아직까지는 운이 좋다. 아직 그들은 심각한 모반을 기하지 않는다. 나는 체력을 기르는 데에 열중한다. 검술과 활쏘기 능력도 많이 좋아졌다. 좋은 음식과 수련으로 내 몸도 위엄을 지닐 만큼 건장해졌다. 심중에 가득 찼던 두려움도 많이 사그라들었다. 몇 명의 좋은 벗도 얻었다. 여전히 나를 부축하는 미더운 손이 남아 있다. 나의 말이 점점 더 무게를 지닌다.

강의 코앞에다 정자 하나를 만들고 임류각이라 이름을 내렸다. 정자에선 노래와 술이 자주 무르익었다. 동쪽에 쌓고 있는 성이 서른 채를 넘어섰다. 두렵던 마음자리에 든든한 자신감이 차오른다. 내일은 사비 넓은 들로 사냥을 나갈 것이다.

그러했구나! 첫날 강에서 내려 휘청대던 그 느낌의 실체가 이거였구나. 저놈의 백가가 기어코 내 목에 칼을 꽂았다. 나는 고꾸라진다. 부축하는 손도 없다.

*

"아빠, 저녁 먹자."

최면술사의 손가락 튕기는 소리에 최면이 풀리듯 나는 다시 현실의 이 방으로 돌아온다. 천오백 년 전 한 나라의 왕성이었던 산성 바로 밑에 살게 된 뒤로 나는 종종 밑도 끝도 없이 상상에 빠져든다. 산성을 향해 난 이 창은 훌륭한 출입문이다. 아내가 가꾸는 비탈 밭과 이어진 저 산성만 바라보면 시간이 이전 시대로 순식간에 옮겨가는 것이다. 딸애가 기묘한 미스터리 채널을 구독하듯 나는 저 산성이 품은 비밀한 이야기로 옮겨져 몇 시간이고 그 속을 거닐게 된다.

'저녁 먹자'는 말에 갑자기 허기가 몰려왔으나 시계를 확인하니 고작 다섯 시밖에 안 되었다. 나는 서둘러 식탁으로 나오며 딸애 눈치를 살폈다. 다행히 많이 지체된 건 아닌 모양 딸애로부터 지청구를 듣지는 않았다. 언제부턴가 저녁 식사 시간은 계속 앞당겨지고 있다. 딸애가 만든 들기름에 볶은 메밀국수는 맛이 좋았지만 양이 턱없이 적었다. 다섯 시에 양에 안 차는 저녁을 먹으면 또 어떤가. 나는 세 사람이 함께 있는 이 현재가 미덥다.

마당도 좁지만 이 집의 현관 역시 좁아서 전에 살던 이가 앵글로 만든 두 칸짜리 신발장을 벽에 달아두고 사용했던 모양이었다. 앵글신발장이 머리 위에 위태롭게 걸려있어 불안하다며 아내가 철거를 부탁해서 앵글 신발장을 떼어내 현관 바닥에 놓아주었다. 한 칸에 딱 세 켤레의 신발밖에 놓을 수가 없어 우리들 외출 신발은 각자 두 켤레로 제한되었다. 그 많던 신발들은 다 버려졌다. 미니멀리즘 어쩌고 하는 게 코웃음 나는 유행 같기만 여겨졌는데 물건들이 줄어드니 성가시지 않아 좋다. 윗칸에는 세 식구의 샌들이 놓였고, 아랫칸엔 운동화 세 켤레가 놓여 있다. 다섯 시 반, 우리는 오늘도 산성으로 저녁산책을 나간다. 딸애의 초록색 운동화가 앞서고 아내의 흰색 운동화가 뒤를 따르고 마지막으로 나의 진청색 운동화가 대문을 나선다.

비탈 밭들 사이로 난 이 조붓한 길은 성의 동문으로 이어진다. 오르막이 평평해지는가 싶으면 납작한 돌 하나가 우리를 맞이한다. 나는 언제나 이 돌계단에서 걸음을 멈추고 뒤돌아 먼 산 능선을 더듬어 오목한 곳에 눈길을 둔다. 우금치는 이 돌계단에서야 제대로 보인다고 말한 사람은 지선생이었다. 신혼의 지선생과 최선생이 서로를 바라보며 활짝 웃었는데 그 순간 세상이 정말로 환하게 빛났다는 것이 기억난다.

"그 노래가 어떻게 시작하지?"

그게 뭐지? 하고 아내가 물으면 나는 대체로 아내가 요구하는 게 무엇인지 알아낼 수가 있는데, 노래라고 콕 집어주기까지 하니 지금 이 오솔길에서 아내가 궁금해 하는 노래쯤 찾아내 알려주는 건 식은 죽 먹기보다 쉬운 일이다. 기나긴 밤이었거든, 압제의 밤이었거든, 우금치 마루에 흐르던 소리 없는 통곡이어든. 내가 흥얼대자 아내가 목소리를 보탠다. 불타는 녹두 벌판에 새벽빛이 흔들린다 해도, 굽이치는 저 강물 위에 아침 햇살 춤춘다 해도…, 우리 둘의 목소리에 점점 더 힘이 붙었는데, 앞서 걷던 딸애가 뒤돌아서서는 검지손가락을 입술에 댄다. 우리는 동시에 노래를 멈추고 딸애가 손가락으로 가리키는 곳으로 눈길을 옮긴다. 잘생긴 장끼 한 놈이 길 가운데로 걸어가고 있다. 초록의 단조로움을 깨뜨리는 장끼의 현란한 색깔이 조붓한 비탈길로 쏟아지는 아직 뜨거운 햇살에 눈부시다. 가만히 서 있던 아내가 잠시 휘청댄다. 주머니에서 꺼낸 사탕을 소리 나지 않게 까서 아내에게 건네줬다. 이 산책길에서 두어 번 아내는 저혈당 쇼크가 왔다. 그래서 우리의 저녁식사 시간은 산책 전 5시로 앞당겨진 거였다. 산책 후 식사에서 식사 후 산책으로 그 순서가 바뀌었던 것이다.

장끼는 탱자나무 울타리 저쪽 숲으로 들어갔고 딸애는 동영상 찍기를 멈췄다. 얼음땡에서 풀려난 우리는 다시 숲길을 올랐다. 산성의 돌담 바깥으로 아직 살아있는 토성길이 눈에 들어왔다. 동문으로 들어가는 코스를 택할지 오른편 토성길을 택할지는 맨 앞에 서서 걷는 자의 선택에 맡겨진다. 아내가 앞장서는 날은 어김없이 가파른 토성길을 택하는 까닭에 딸애의 체념 섞인 한숨이 뒤따랐다. 토성길로 오르자면 누군가 임시로 만든 조붓한 흙계단을 올라야 해서 딸애는 평평한 동문 길을 택하곤 했다. 커다란 벚나무 두 그루가 가지를 휘어 내려뜨린 저 길을 앞서 걷는 사람이 보인다. 잠뱅이를 입은 중늙은이가 바랑을 맨 채 동문으로 입성하고 있다. 모습이 이 현실의 사람 같지 않아서 나는 눈을 비빈다. 아니나 다를까, 눈을 비비던 그 짧은 사이에 늙은이는 사라지고 없다.

동문을 통과한 우리는 지난해 큰비에 무너진 성벽 일부가 아직 완전히 수리되지 않아서 강 쪽으로 더 나아가지 못하고 가풀막을 올라 왼편으로 접어들었다. 동성왕이 지어 풍류를 즐겼다는 임류각을 복원한 누각 앞 벤치에서 세 식구가 다리를 쉰다. 하루 걸렀더니 벌써 지치네, 아내가 털썩 벤치에 앉으며 중얼댔다. 엊저녁 제법 큰 비가 와서 우리는 이곳으로 산책을 나오지 못했던 거였다.

산성은 울울창창한 숲이어서 어디에나 새소리가 가득하다. 딸애는 요즘 새소리를 녹음하는 재미에 한창 빠져 있다. 운 좋게 소리 외에 새의 모습까지 만나면 동영상을 찍어 몇 번이고 돌려보곤 했는데 오늘은 운 좋게도 노란 꾀꼬리가 굴참나무 높다란 가지에서 모습을 드러내고 있다. 산성의 초입부터 장끼를 만나더니 벌써 두 마리의 새를 영상에 담고 있다. 까치와 물까치, 멧비둘기(너무 많아서 딸애는 이 애들은 건너뛴다) 외에 다른 새를 만나는 날은 땡 잡은 날이다. 이런 날이 있다. 새로운 새들을 보게 되면 그날은 대여섯 마리의 새로운 새들과 만나곤 했다. 이 산책길에서 천연기념물인 후투티를 만난 날도 오늘처럼 걸음을 옮기기 무섭게 딱새며 박새며를 거푸 보았던 날이었다. 꾀꼬리가 청아한 울음을 남기며 커다란 나뭇가지를 벗어난다. 딸애가 영상을 찍던 두 팔을 내리고 걷기 시작한다. 아내와 나도 벤치에서 일어나 다시 아이를 뒤따른다.

돌나물 노란 꽃이 가득한 둔덕 아래를 지나 강이 보이는 둘레길에 들어선다. 저쪽 길에서 오던 중년의 커플과 스친다. 추락 위험이라는 팻말이 곳곳에 있을 만큼 낭떠러지가 아득하지만 강을 보기 좋은 곳이다. 나무데크에 벤치까지 있어 방문객들로 늘 붐비는 곳인데 오늘은 한산하다. 하지만 저쪽에서 다시 방문객 서넛이 걸어오는 중이다. 우리는 샛길로 빠져나와 남문으로 이어지는 울창한 숲길로 들어선다. 우리 세 식구가 가장 좋아하는 길이다. 전체적으로 아래로 흐르는 길이어서 숲의 느낌이 더 좋다는 게 딸애의 지론이었다. 어디든 위에서 아래로 보는 경치가 더 좋더라고, 하며 어떤 근거들을 댔는데 그 근거는 잊어버렸다. 나뭇잎 사이로 비치는 볕뉘를 보기에 안성맞춤이어서 나는 이 길을 좋아한다. 딸애가 아빠, 쉿, 하며 입술에 검지를 대지 않으면 삼동에 베옷 입고, 구름 낀 볕뉘도 쬔 적이 없건마는, 하던 남명 조식의 시조를 읊조리기도 한다. 옛날 사람들은 임금을 햇볕에 비유하곤 했다. 볕뉘란 말은 임금의 작은 은덕을 가리킨다는 학생시절 외었던 시조의 해설까지 떠올리고는 고개를 절레절레 젓는다. 이 길은 임금의 은덕을 따라가는 여정이 아니다.

나는 그저 싱그러운 나뭇잎 아래 놓이는 볕의 그림자를 그저 시각적으로 좋아할 뿐이며, 생명들이 부스럭거리는 소리를 좋아할 뿐이다. 이 길에서 우리는 회색 토끼 한 마리와 새끼 고라니를 본 적이 있고 청솔모와 딱따구리는 거의 매번 만났다. 우리는 녀석들과 아주 가까이에 있었지만 녀석들 누구도 우리를 피해 달아난 적이 없었다. 아내는 간댕이가 부은 놈들이라고 했다. 오늘도 간이 부은 녀석들을 만날 수 있으려나?

사람들은 왜 저런 걸 바위에 새겨 남기는 걸까? '효심의 길'이라고 새겨진 입석을 지나며 아내가 오늘도 투덜거린다. 이 도시엔 역사기록에 최초로 등장하는 효자가 살던 마을이 있으며 효행에 얽힌 지명이 많다. 그렇더라도 느닷없이 만나는 바위에 쓰인 글자는 감흥을 좀 깨는 감이 있다. 효심의 길. 아닌 게 아니라 이건 바르게 살자는 바윗돌의 글자처럼 구호 같아서 부스럭대는 소리를 담던 귀가 멍멍해진다.

남문과 서문 북문 어디로든 길을 잡아갈 수 있는 네거리에 이르기까지 우리는 특별한 새를 더 만나지는 못했다. 가팔라서 좀처럼 가지 않으려던 왕궁 추정지로 난 오르막길로 아이가 길을 잡는다. 어딘가 모르게 발걸음이 조급해 보인다. 며칠 전에 저 숲의 큰 나무에서 노란 배를 지닌 새를 본 적이 있는데 꾀꼬리는 아니었다. 제대로 사진이나 영상으로 담지 못했던 모양이어서 아이는 그 새의 이름이며 울음소릴 우리에게 알려주지 못했다. 딸애는 민첩하거나 순발력이 좋지는 않지만 은근한 끈기가 있는 녀석이다. 그런데도 걸음발이 급한 걸 보니 그 새를 꼭 만나고 싶은 모양이다. 어느새 만보기엔 2천보가 찍혀 있다. 우리는 저녁 산책에도 5천보쯤이 가장 적당하다는 걸 경험으로 알고 있다. 낮에 못 본 장을 마트에서 보기로 했으니 오늘은 서문이나 북문까지 가게 되지는 않으리라. 혼자였다면 나는 내처 북문으로 가 강과 가까이 마주하고 싶었다. 상상의 나룻배 하나가 닿은 자리를 확인하고 싶었다. 거기에서 내리던 남자를 부축하던 어떤 손을 좀 더 그려보고 싶었지만 오늘은 그날이 아닌 것 같다. 가쁜 숨을 내쉬는 아내의 등을 밀어주며 오른 너른 터에서 나는 또 잠뱅이를 입고 커다란 바랑을 맨 늙은이를 본 듯도 하다. 저 아래 골골이 드러난 집들 너머 유시, 신시 방향에 있을 유적지나 왕의 무덤에서 나왔을 법한 그 사람을 진짜로 본 듯했지만 산성 아랫마을에 살게 된 뒤 생겨난 환시였으리라.

딸애는 더는 새로운 새를 만나지 못했고 우리는 남문으로 빠져나왔다. 소를 몰고 한양길을 나선 남정네의 청동상 부조를 만나고 공원빌리지 고급 맨션을 지나고 시절이 이러니 손님도 없겠다 싶은 보석사우나를 지나 횡단보도도 없는 큰길을 두리번대며 건너간 우리는 햇마늘 첩첩 놓였던 노점 골목으로 들어선다. 장은 이미 파시되었고 어둠이 내리는 장바닥엔 마르지 않은 물이 번들거린다. 시내버스들의 종점이자 기점인 시내버스터미널 옆에 자리한 마트도 이 시간엔 한산하다. 우리는 라면 한 꾸러미, 메밀국수 세 타래, 오이, 양파, 두부 등을 사서 나온다. 파시된 시장 골목을 여유롭게 걷는다. 웬만한 가게들은 8시가 되기 전에 문을 닫는다. 이 도시로 밤은 일찍 내려오고 일찍 온 밤은 더디게 흐른다.

*

그날도 평소와 다를 게 없었시유. 일찍 일어나 집사람이 차려준 아침밥을 먹고, 서둘러 송산리로 갔지유. 며칠 전부터 무슨 발굴조사를 하는 것 같았지만 우리는 그런 거엔 별 관심도 없었시유. 우린 배수로 공사만 잘 마치면 되는 거였지유. 삽자루 끝에 딱딱한 것이 닿았는데, 희한하대유. 돌멩이지 싶었는데도 마구잽이로 파내면 안 되겠다 싶더라구유. 조심조심 파보니 벽돌 하나가 나오는데, 이 벽돌이 암만 봐도 예삿 것은 아니지 싶은 거유. 삽질을 아주 조심스럽게 해내려갔어유. 벽돌 벽이 보이기 시작했어유. 저 아래서 발굴조사를 하고 있는 사람들에게 달려갔지유. 조금 뒤에 무슨 일이 일어날지 몰랐지만 심장이 쿵쾅쿵쾅 뜀박질을 해댔지유.

금방 조사단이 꾸려지대유. 배수로 공사는 중단되었지유. 우리는 영문을 몰랐지만 조사단원들의 얼굴은 비장하더라구유. 뭔가 대단한 걸 보게되나보다 했지유. 우리들은 뒤로 빠지고 조사단원들이 조심조심 땅을 파내려갔어유. 벽돌로 쌓인 부위가 넓게 드러나기 시작했는데 갑자기 엄청난 폭우가 쏟아졌어유. 난리가 났지유.

임금 무덤을 잘못 건드려 비가 온다는 소문이 사람들 사이로 쫙 퍼져나갔지유. 부랴부랴 위령제를 지낼 제상이 마련되었어유. 제상은 초라했시유. 북어 두어 마리랑 수박 한 통이 전부였시유. 아, 술은 올렸지유.

비는 그쳤는데 이번엔 사람들 때문에 난리가 났지유. 방송에서도 오고 기자들이 우르르 내려왔구유. 구경꾼은 또 얼매나 많았던지 몰라유. 나는 자꾸 뒤로 밀려서 그냥 자리를 떴시유. 다음 날 아침에야 알았어유. 그게 왕의 무덤이었다는 걸 말이유.

*

어둠이 내리면 귀는 더 예민해지고 소리도 더 풍성해진다. 눈을 감고 가만히 귀를 기울이다 보면 가끔 보지도 듣지도 못했던 목소리를 만나게도 된다. 목소리가 들려주지 않는 다음 말이 궁금하여 책을 찾고 옛날 신문을 뒤지다가 다시 어떤 목소리를 만나기도 하는데 그러면 다시 눈은 닫히고 귀가 작동하기 시작한다.

*

비가 그치자 발굴조사가 다시 시작되었다. 노출된 벽을 따라 8미터 남짓 파내려가자 전축분이 드러났다. 입구를 단단히 막고 있던 벽돌을 어렵게 빼냈다. 1500년의 암흑을 깨고 왕의 무덤이 세상에 드러난 것이다. 무령왕릉 발굴은 고대사에 획기적인 수확이었다. 고분의 주인을 적어 놓은 지석에는 무령왕의 어릴 적 이름인 사마가 새겨져 있었다. 기록으로만 존재하던 무령왕의 무덤이었다.

1971년 세상은 무령왕릉의 발굴로 떠들썩했다. 특종기사가 나가자 발굴현장에는 취재기자와 구경인파가 몰려들었다. 고분 안을 먼저 보기위해 아우성이었다. 급기야 조사단원이 들어가기 전 무덤이 언론에 먼저 공개되는 일까지 벌어졌다. 결국 발굴단장은 철야로 발굴 작업을 끝내기로 결정한다. 그렇게 밤사이 유물은 짓밟혀졌고 17시간 만에 졸속 발굴되었다.

역사의 흔적을 잃어버린 왕릉엔 뼈아픈 후회와 풀리지 않는 미스터리만 남았다. 처음 고분의 문을 열었을 당시 관은 폭삭 내려앉은 채 무덤으로 들어가는 길까지 지나치게 튀어나와 있었다. 도자기는 넘어진 채 나뒹굴고 있었고 내려앉은 관제 사이로 유물들이 어지럽게 놓여 있었고 모든 유물들이 제자리를 이탈해 있었다. 무덤 안에 분명히 어떤 충격이 있었던 것으로 보였다. 관이 삭아서 내려앉을 때의 충격이 커서 그랬을까? 아니면 지진 때문이었을까? 1500년 동안 지하에선 대체 어떤 일이 있었던 걸까? 백제 25대왕 무령왕과 왕비가 잠들어 있던 무덤. 하지만 나뒹굴고 있는 유물들이 어떤 위치에 왜 놓여있던 건지 지금도 알 수가 없다. 그것을 밝힐 기회는 영원히 사라졌고 무덤 안에 소중한 정보들은 모두 날아가 버렸다.

*

　고고학계의 뼈아픈 실수를 되짚으며 목소리가 끝이 났다. 1971년 7월 초의 어느 날. 이 도시는 백제사 연구에 큰 전환을 가져온 중대한 발견으로 떠들썩하게 세상의 주목을 받게 된다. 1971년 나는 일곱 살이었다. 두 돌을 맞은 남동생과 엄마와 함께 신당동 달동네 은미네 집 한 칸을 빌려 지내며 작년 가을 외국회사의 관리자로 베트남에 가 있는 아버지가 보내온 사진을 보거나(아직 한글을 못 깨우쳐 편지를 읽지는 못했는데 아버지의 필체는 정겨웠다) 엄마 뱃속에서 곧 나올 애가 계집애인지 사내애인지 궁금해 하며 은미네 집 마루에 놓인 티비가 어서 연속극을 끝내주기를 기다리고 있었을 것이다. 나는 주인집 셋집 식구들 모두가 둘러앉은 티비 앞에 한 번도 나가지 않았다. 나와 동갑인 주인집 할머니의 외손녀인 은미가사내가 무서워서였다.

　동생처럼 엄마와 같이 티비를 보러 갔다면 이 떠들썩한 뉴스를 그때 당시에 만났을지도 모른다. 그러나 일곱 살의 나는 내가 사람들 앞에서 퍽 수줍어진다는 사실을 이미 알고 있었고 혼자 있는 것이 더 좋았던 말 수 없는 아이였다.

　연대표에 의해 갑자기 불려나온 1971년 7월 어느 날이 무섭도록 생생하다. 어둑한 방에 홀로 있는 저 사내아이에게 고함을 질렀다. 연속극이 끝나면 시작될 뉴스 앞으로 어서 달려가라고.

딸애와 둘이 비빔국수를 해먹었다. 밤 열 시. 우리는 또 야식을 먹고 말았다. 저녁식사가 빨라지면서부터 야식을 많이 하게 되었다. 치통이 심해진 아내는 진통제 한 알을 먹고 일찍 잠자리에 들었기에 국수를 삶고 비비고 설거지를 하는 내내 딸애와 나는 도둑고양이처럼 조심스럽게 움직였다. 아내는 위층에서 잠이 들었지만 아래층에 있어도 우리는 조심스러웠다. 치통이 시작되면 아내가 부쩍 예민해졌던 까닭이다.

우리 가족은 세 사람 중에 한 사람이 빠지면 조용해진다. 활기도 없고 재미도 없다. 딸애에게 너도 그러니? 물었더니 저도 그렇단다. 그럼 백제 관련 다큐나 같이 볼까? 했더니, 그건 괜찮다고 한다. 우리는 노트북을 프로젝터에 연결한다. 그러고 보니 같이 영화를 본 게 언제인지 아득하다.

"뭐야? 촌스러워. 언젯적 다큐야?"

프로그램 제목이 큼지막하게 떠오르고 메인테마 음악이 들려오자 딸애가 큭 소리까지 내며 웃었다. 그러네, 확실히 10년은 넘은 방송인 거 같다, 하며 나도 따라 웃었다.

"어금니 한 개의 비밀? 그 비밀이 도대체 뭘까?"

딸애가 여전히 킥킥대며 물었는데 벌써 관심이 사라진 눈치였다. 태블릿을 열고 펜슬을 쥐는 걸 보니 거의 확실했다.

북쪽 아나운서의 말투가 연상되는 나레이션은 지나치게 비장했다. 요즘은 뉴스를 전하는 아나운서도 이렇게 정색하지는 않는다는 생각을 하며 나도 슬슬 딴짓거리를 찾아 들었다. 귀는 열어 두고 있지만 눈은 휴대폰을 뒤적거리고 있었다.

─ 화려한 연꽃무늬로 아늑하게 둘러싸인 무덤. 삼국 중 유일하게 주인이 밝혀진 무덤. 무덤에는 다른 유골이나 치아는 없었고 어금니 한 개만 남아 있었다. 아래쪽은 거의 썩어서 없어졌고 위쪽은 겉껍질만 남아 있는데 그마저도 부서져서 완전한 모양이 아니다. 1500년 동안 썩지 않고 남아 있는 이 어금니 한 개. 왜 이 어금니 하나만 남아 있는 걸까? 어금니는 왕의 것일까? 왕비의 것일까?

그림을 그리며 나레이션을 듣고 있던 아이가 "뭐야? 어금니가 누구 건지 알아보겠다는 거야? 쳇. 왕 아니면 왕비겠지. 난 뭔가 다른 걸 탐색할 줄 알았지. 어금니에서 당시에 먹던 어떤 음식을 알게 되었다든지 어금니를 치료한 의학적 흔적이라든지, 이런 걸 기대했는데 실망이네." 해서 나레이터의 다음 말을 놓친 나는 머릿속이 조금 어수선했다. 다만 나는 아이의 판단이 '빠르다' 생각했다. 나레이션을 함께 듣고 있었지만 나는 어금니가 누구의 것인지 알아보겠다는 다큐인지도 가늠하지 못하고 있었던 것이다.

인터뷰이는 동경대 교수였다. 일본어가 들리자 그림을 그리던 딸애가 고개를 들어 잠깐 화면을 바라보더니 벽에 기대었던 등을 방바닥에 아예 대고 누우며 태블릿을 머리맡에 두었다. "잘래? 끌까?" 물었더니 "아니, 듣고 있어." 대답해서 나는 다큐 영상의 소리만 살짝 줄여놓고는 역시 딴짓을 했다.

출토 위치가 불분명해서 왕의 것인지 왕비의 것인지 알 수 없다는 어금니는 동경대 교수에 의해 여성의 것으로 추정된다. 여성의 치아일 거라는 또 다른 근거를 찾기 위해 국내 치의학 교수의 인터뷰가 다시 이어진다.

— 보통 남성의 어금니는 여성의 어금니보다 큽니다. 장폭과 단폭을 재서 비교해봤는데 이 어금니는 두 폭 모두 현대 여성의 어금니보다도 작습니다.

인터뷰와 나레이션 사이로 쌔근쌔근 고른 숨소리가 들린다. 함께 시청하던 딸애는 어느새 곤한 잠에 빠져들었다. 나는 조심스럽게 딸애 머리를 들어 올린 뒤에 베개를 넣어준다. 영상의 볼륨은 조금 더 낮아진다. 무덤 속에 남겨진 유일한 유골이었다는 어금니는 사랑니로 밝혀진다. 하악골에 매몰되어 있어서 뼈가 남지 않았어도 보존 될 수 있었을 것으로 추정되는 이 사랑니의 주인을 찾는 게 이 프로의 목적임을 나는 그제야 알게 된다. 초반에 딸애에게 '판단이 빠르다'고 부정적으로 반응했던 것이 미안해졌다. 영상의 초반에 콩, 못 박은 말이 '많은 의문과 미스터리', '숨겨진 비밀'이었던 것에 비하면 탐색이 옹색하다는 느낌이 들기도 한다. 그러던 차에 감미로운 노래가 들려왔다.

— 달빛 먼 길 님이 오시는가

노래는 영상이 아닌 밖에서 들려왔다. 나는 음소거 버튼을 눌렀다.

— 갈숲에 이는 바람 그대 발자취일까 흐르는 물소리 님의 노래인가

김선생이었다. 음악교사였다는 것은 알았지만 성악을 전공한 줄은 몰랐다. 가끔 담배를 나눠 피우며 선생이 '피아노라면 아주 지겹다'는 말을 자주 했기에 나는 그가 피아노를 전공한 줄로만 알고 있었다. 이즈음 선생은 밤에 밭(숲에 가까웠지만)가에 손수 지어 놓은 오두막에 불을 밝히곤 했는데 아마 그 오두막에서 어떤 심사에 젖은 모양이었다. 노래가 깊고 부드러워서 나도 모르게 미소가 지어졌다.

ㅡ 내 맘은 외로워 한없이 떠돌고 새벽이 오려는지 바람만 차오네 백합화 꿈꾸는 들녘을 지나 달빛 먼 길 내 님이 오시는가

아내 심부름으로 김선생에게 표고버섯 한 바구니를 들고 문을 두드린 일이 있다. 으아리 꽃모종을 선물해준 답례였다. 첫 부인과의 사별로 상심한 선생이 베트남 여행 중에 만났다는 지금의 아내가 문을 열어 주었다. 선생과 나이 차가 많았으나 음전하고 고왔다. 이즈음 저녁이면 초등학생 아이까지 동반하여 세 식구가 밭에 나와 선생이 가꾸는 꽃길을 걸으며 도란도란 이야기하는 소리가 자주 들렸다. 성조(베트남어는 6성이나 있다고 했다)를 오르내리며 선생의 아내가 식구들과 얘기를 나눴는데 세 식구의 말소리가 음악처럼 감미로웠다.

ㅡ 내 맘은 떨리어 끝없이 헤매고 새벽이 오려는지 바람이 이네 바람이 이네

선생의 노래가 끝나고도 한동안 귀를 쫑긋댄 건 노래를 더 듣고 싶어서였지만 노래는 그 한곡으로 끝이 나고 말았다. 나는 남은 여운에 젖어 노래의 한 구절을 흥얼거렸다.

—풀물에 배인 치마 끌고 오는 소리 꽃향기 헤치며 님이 오시는가 내 마음 떨리어 끝없이 헤매고 새벽이 오려는지 바람이 이네

여운에 마음이 동했지만 나는 죽여 놓았던 다큐의 볼륨을 살짝 올리는 것으로 여운을 잠재웠다. 시청 종료를 고민할 것도 없이 마침 다큐멘터리도 끝자락에 이르렀다. 어금니는 여성의 아랫쪽 사랑니로 무령왕의 첫째 부인이 아닌 대부인—첫째 왕비에게는 안 쓰는 호칭이라고 한다—이라 불리던 성왕의 어머니의 어금니일 것으로 추정된다는 결론이 내려진다.

영상을 끄고 뒷정리를 하는 내내 여러 백제 관련 다큐영상 중에서 어금니에 관한 영상을 보게 된 것도 우연은 아니지 싶어졌다. 내일 아침 치과가 문을 여는 시각에 맞추어 우리 세 식구는 치과를 가기로 했다. 한 달 전 내 오른쪽 아래 어금니를 발치한 그 치과는 허름했지만 '나'라는 훌륭한 임상이 있어서 아내도 조금 안심이 되는지 마침내 어금니를 빼기로 했다. 아내를 통증으로 몰아넣고 괴롭히는 어금니 역시 오른쪽 아래 어금니여서 나는 25년을 함께 살다 보면 이런 것도 같이 가는가 싶어, 허허, 헛웃음을 지었다. 아이를 편하게 누인 뒤 나는 다시 뒷방으로 향한다. 책상 위엔 작은 책방들에서 6월 한 달 동안 읽을 쉼보르스카 시집이 나를 기다리고 있다. 아내도 아이도 모두 잠든 깊은 밤, 나만 홀로 깨어 있는 밤에만 내밀하게 내밀어 오는 그 손을 오늘 밤에도 나는 떨치지 못한다.

*

그가 무를 썰어 냄비에 깔았다. 어시장에 나가 사온 고등어 한 손을 그 위에 얹었다. 매운 고추 서너 개를 썰어 얹고 냉장고를 뒤져 묵은김치를 약간 또 얹었다. 옆집(2천 킬로미터 떨어진) 할머니에게서 비싸게 주고 산 마늘 한 접에서 두어 통을 꺼내와 껍질을 까고 다진 뒤에 위에 얹었다. 간장게장의 간장을 두 국자 퍼서 간을 했다. 냄비의 뚜껑을 덮고 가스불을 약하게 조절해 두었다.

여자는 조용히 밀린 설거지를 하고 있었다. 주파수가 하나뿐인 라디오에선 지나간 공화국의 역사가 흘러나왔다. 그 시절 인물들의 목소리를 성우들은 거의 똑같이 낼 줄 알았다.

고등어에 맛이 드는 냄새가 맑고 시원한 바람 위에 얹혀졌다. 쨍쨍한 볕이 마당에 내다 넌 이불 위로 내리꽂히고 있었다. 사방 열린 창으로 파리 떼가 거침없이 몰려들어와 앉은뱅이책상 앞에 앉아 비망록을 작성하는 남자와 그 곁에 엎드려 가계부를 적고 있는 여자의 맨살로 성가시게 옮겨 다녔다. 여자가 하나뿐인 원피스를 빨아 넌 것은 남자가 읍내(1만 5천 킬로

미터 떨어진)로 장을 보러 나가고 없는 동안이었다.

원피스는 아직 마르지 않았고 라디오는 이제 아나
운서의 이름을 내건 정보센터로 옮겨져 뉴스를 전하
고 있었다. 고등어는 여전히 조려지는 중이었다. 가
계부를 점검하던 남자는 굽은 허리를 펴고 누워 잠이
들었고 여자는 남자 곁에 앉아 빨랫줄을 흔드는 바람
을 바라보았다. 눈부신 정오의 풍경이 좋았다. 조용하
고 깨끗한 세계였다.

불 꺼도 되겠다. 남자의 목소리가 들려왔다. 그는
매혹적인 목소리를 지녔구나! 생각이 많은 그의 눈빛
과 딱 어울리는 목소리 커튼을 조심조심 열고 나간
여자가 냄비의 뚜껑을 열었다. 바작바작 국물이 좋아
져 있었다. 냄새로 고등어의 상태를 정확히 알아채는
남자의 후각은 가히 놀랍다 이를만했다.

대단하다 너희.
조려지며 고등어가 말했다.

*

우리집 두 칸짜리 신발장은 여름이 가까워지면 샌들이 윗칸
에 놓이고 겨울이 다가오면 운동화가 윗칸을 채우는데 이즈음
은 샌들이 신발장 윗칸에 놓여 있다. 크기만 다르지 모양이 비
슷한 까만색 샌들을 각자의 발에 꿰고 우리는 대문을 나선다.
우리가 샌들을 신고 나선다는 것은 산책의 방향이 아랫동네 천
변이라는 뜻이었다. 오늘은 아빠가 협업하는 작은 서점이 주최
하는 플리마켓 행사가 있는 날이다.

여름날처럼 따가운 햇살이 내려오지만 바람이 간간이 불어
서 땀을 식혀주고 있다. 이 도시는 내리막과 오르막이 많다. 무
릎 관절이 나빠진 엄마가 걷기에 좋은 동네는 아니다. 하지만
비만 내리지 않는다면 우리 세 식구는 아침에 한 번 저녁에 한
번 꼭 산책을 나간다. 산책시간은 대체로 한 시간 반 정도여서
하루에 세 시간이 산책으로 채워지고 있다. 골목을 빠져나와 날
망(이곳 사람들은 산동네 큰 네거리를 날망이라고 부른다)에 이
른 우리가 선택한 길은 성당 첨탑이 가까이 보이는 길이다. 전
체적으로 왼편으로 휘어진 이 길은 높낮이가 커서 내려갈 땐 무
릎에, 올라올 땐 허벅지에 무리가 가는 길이지만 근대문화유산
으로 지정된 아주 아름다운 성당을 보며 내려갈 수가 있어 우
리는 이 길을 자주 이용한다. 우리가 걸어가는 오른편은 평평한
밭이어서 작물이 오늘은 또 얼마큼 자랐나 확인하는 재미도 있
다. 밭가에 자라고 있는 돼지감자는 반 뼘쯤 더 자란 것 같다. 콩

은 어느새 아기자기한 보라색 꽃을 피우고 있다. 토마토와 오이도, 가지와 땅콩도 어제보다 더 키를 키우고 있다. 콩과 함께 밭의 가장 넓은 부분을 차지한 깨도 잎을 무성히 키우며 자라고 있다. 이 밭 으슥한 두둑에 쌕쌕이가 묻혀 있다. 우리만 아는 사실이다. 이 길에서 쌕쌕이가 로드킬을 당했다. 그 사체가 널브러져 있던 커브길을 지날 때면 우리는 말이 없어진다. 우리는 아무 말도 하지 않지만 널브러졌는데도 고왔던 쌕쌕이를 떠올린다.

"이곳은 길냥이가 너무 많아."

큰 도로에 나서서야 엄마가 입을 연다. 주황색 커다란 점과 까만 작은 점을 지닌 삼색고양이가 철물점 펜스 안에서 나온다. 나는 걸음을 멈추고 녀석의 사진을 찍었다. 고양이든 강아지든 새든 뭐 하나쯤은 키우고 싶은데 엄마는 한사코 애완동물을 기르는 것에 반대다. 강아지털 알레르기가 있어서 강아지는 키울 수 없다 해도 고양이 하나쯤은 키워도 되지 않을까?

"차가 왜 이렇게 밀리지?"

신호등에 걸려 멈춰선 차들이 새삼스럽다는 듯 아빠가 벌써 지친 기색이 역력한 엄마의 발걸음에 신경을 쓴다.

"이곳에도 러시아워가 있어서 놀랐어."

엄마의 대꾸는 듣는 사람에 따라 불쾌할 말이 될 소지가 많은 말이다. 이곳도 엄연한 도시인데 엄마는 이곳을 아주 시골처럼 생각하는 경향이 있다. 이 아랫동네엔 우리집이 있는 산동네와 다른 소리들이 들린다. 이를테면 도시의 소리들이다. 차 소리,

가게에서 틀어놓은 음악소리, 호객소리 같은 것들에 나는 안심하지만 엄마는 그 소리들에 부쩍 예민해져서는 종종 이맛살을 찌푸리곤 한다.

철물점을 지나고 미용실을 지나고 점집을 지나고 탕제원을 지나고 코로나가 끝날 때까지 문을 잠시 닫겠다는 쪽지가 붙은 핸드폰가게를 지나고 옛날찐빵집을 지나고 쎄븐일레븐 앞에 선 나는 6개의 횡단보도가 교차하는 네거리가 주는 어떤 모던한 정취에 젖어 히죽히죽 웃었다. 파란불이 켜졌고 우리는 쎄븐일레븐에서 본도시락 쪽으로 바로 건널 수 있는 대각선 횡단보도를 선택한다.

본도시락 앞 구둣가게는 오늘도 닫혀있다. 삐뚤빼뚤한 글씨로 화, 목, 토, 일은 12시에 문을 엽니다, 라고 써서 붙인 종이가 나달나달하다.

"월, 수, 금은 10시에 문을 엽니다, 라고 써 놓는 게 더 낫지 않나?"

엄마의 말에 나는 싸늘하게 대답한다.

"엄마가 오늘 특히 더 예민하네."

어쩌면 특히 더 예민한 건 나인지도 모르겠다. 아침부터 사달이 났었다. 치통으로 고생하는 엄마를 보기가 나는 안쓰러운데 꼭 치과를 가자는 어젯밤의 약속을 이번에도 엄마는 지키지 않았다. 오늘은 견딜만하니 며칠 더 두고 보자는 말을 들을 때부터 내 신경은 예민해져 있었다. 그런 엄마를 살살 구슬려 치과를 데려가야 할 아빠마저도 잠자코 있어서 더욱 화가 났던 게 사실이다. 그 일로 아침식사자리에서 엄마와 잠깐 언쟁이 있었다. 잠깐이라도 엄마와 언쟁을 하게 되면 마음이 복잡해지고 잘 풀리지 않는다. 우리 부모는 왜 병원에 가는 걸 이렇게나 싫어할까? 두부를 곁들인 상추 샐러드를 아침으로 먹으면서 내내 나는 속이 좋지가 않았다.

엄마의 말에 따르면 나의 본질적 성격이란 게 삼라만상에 드리운 그물이란다. 그러다보니 그 그물에 안 걸리는 일이 없다는 거였다. 그래서 성질이 못됐다는 얘기인지 성격이 예민하다는 얘기인지까지는 아직 듣지 못했다. 나는 내 성격이 아주 지랄맞다는 생각을 중학교 이후 내내 해오고 있어서 성격 운운 하는 말을 잘 참지 못한다. 아, 또 화가 치밀어 오른다. 후우- 후우-. 화가 날 때면 나는 심호흡을 크게 두 번 한다. 그리고 난 뒤 지금 이 순간(지금 내 눈에 들어온 것은 구둣방 옆, 문을 닫는 옷가게 앞에 내놓은 세일 상품이다)에 집중한다. 도리를 지키며 인간으로 살아가기 위한 내 나름의 수련법이다.

"왜 그래? 마스크가 답답해? 또 두통이 와?"

아빠도 참 예민한 사람이다. 내 약간의 심리변화를 또 캐치해서 잠잠해지려는 내 심기를 다시 들쑤신다.

"괜찮아."

다행히 이번엔 신경 쓰지 마, 하는 도발적인 말을 잘 삼켰다. 도대체 갱위강국이 뭔 소린지 모르겠다. 깃발엔 글자 같은 걸 쓰면 안 된다고 나는 생각한다. 깃발에 뭘 첨가하려면 문양이면 족하다고 생각하는 편이다. 노란 깃발마다 까만 글씨로 큼직

하게 써 놓은 저 말은 어느 나라 말인가? 흐음. 아마도 한자겠지. 그렇다면 한자라도 함께 써 주던지. 그건 그냥 문양 같아서 참을 만하겠구만, 쳇.

오늘 우리는 스물아홉 걸음 만에 건널 수 있는 다리를 택해 천을 건넜다. 이 작은 천을 가로지르는 다리는 열 개 남짓 되었는데 나는 그 이름은 잘 모른다. 다만 스무 걸음에서 마흔 걸음이면 다리를 건널 수 있는데 그 중 오늘 건넌 다리는 내 걸음으로 스물아홉 걸음인 다리였다.

천을 가로지르면서 내 기분은 날씨처럼 다시 화창해졌다. 우체국을 지나고 착한마녀란 상호를 가진 옷가게를 지나고 엄청나게 비싼 가격에 매매되어, 온 도시가 혀를 끌끌 차며 욕을 한다는 2층짜리 건물 앞에서 건너편 카페 바흐를 잠깐 바라보다가 교통경찰관 네 명이나 나서서 차량을 통제하고 있는 예술시장이 열리는 감영길로 방향을 잡는다. 흰색 상의에 청바지, 청치마를 맞추어 입은 초등학생 열댓 명이 늘씬한 지휘자의 지휘에 맞추어 합창을 하고 있다. 내 또래의 오르간 반주자와 지휘자에 나는 더 눈이 간다. 열정적인 모습일 때는 더더욱. 그래, 잘 들었다. 나는 속엣말로 박수를 보낸 뒤에 양옆으로 펼쳐진 매대를 기웃거린다. 품목이나 규모가 소박한 매대엔 가죽공예, 헝겊 공예, 오래된 잡지, 딱히 장르가 어떤 쪽인지 알 수 없는 그림들이 놓여 있다. 시에서 연 예술시장인 모양인데 규모며 품목이 지나치게 소박하다. 다행인 건 이곳은 애초 우리가 목적했던 플리마켓이 아니란 점. 시장은 좀 풍성해야 좋다고 나는 생각한다. 아빠가 앞장서서 플리마켓으로 향하는 길로 우리를 이끈다. 한창 새로운 가게가 생겨나는 천변 이쪽이 요즘의 아빠 나와바리(이 일본 말을 엄마와 아빠는 너무 자주 써서 나는 아주 어려서부터 이 말을 알게 되었다)였다.

"자, 여기가 고마다락이야. 여기서 채선생이 기타 강좌를 여는 거야."

새로 생긴 미술관 옆에 허름한 단층주택이 북스테이를 전문으로 하는 책방 고마다락이었다. 오늘은 토요일, 채선생은 오늘 여기서 기타 강좌가 있다. 아빠 대학 후배인 채선생과 인연이 시작된 건 서너 달 전부터였다. 채선생이 낸 책에 들어갈 삽화를 그리면서 그 이름은 알았지만 만나게 될 일은 없을 줄 알았다. 그런데 채선생이 여기 대학에서 교육사회학이라나 뭐라나로 박사과정을 밟고 있었다. 금요일에 내려와 월요일에 다시 서울 집으로 가는 모양인데 우리 집에서도 서너 번 잠을 잔 적이 있다. 학부 전공은 국문학인데 기타 연주가 수준급이었고 어찌저찌 내 기타선생이 되었던 것이다.

이 도시에서 그래도 내가 가장 좋아하는 곳은 이 천변 주변이다. 길도 오르막 내리막 없이 평평하고 무엇보다 볼거리가 꽤 있어서다. 몇 해 전부터 이 천변 부근은 도시재생이 시작되었다고 한다. 그래서인지 예쁜 가게들이 많다. 예쁜 카페도 많고 음식점도 많다. 물론 지금은 다 그림의 떡이다. 엄마는 카페에 앉아 마스크를 벗고 커피를 마시는 사람들에게 적대적이다. 음식점이 붐비는 것을 이해하지 못한다. 마스크를 벗을 용기가 없어서 2년째 치통을 달고 사는 양반이니 그 심정을 내가 이해 못할 것도 없다.

우리는 집의 담마다 지어진 해의 연도가 큼지막하게 프린트된 오래된 골목을 빠져나와 이 지역 초, 중, 고, 대학교의 역사를 연보로 정리해 놓은 커다란 알림판 세 개를 만난다. 어떤 루트로 얻은 정보인지는 알 수 없지만 나는 이 지역의 주된 산업이 교육과 농업이라는 것을 알고 있는데 그 두 개의 키워드를 알면 이 도시를 잘 이해할 수 있다. 교육기관이 열리고 닫힌 역사를 알려주는 알림판 앞에서 우리는 다시 우측으로 꺾어 길을 걷다가 다시 더 좁은 골목으로 들어선다. 이 골목 끝에 오늘의 플리마켓을 주최하는 아빠의 단기 직장 중 하나인 책방 블루프린트가 있다.

주말에 골목을 걷다보면 이 작은 도시가 나름대로 인기 있는 관광지임을 알 수 있다. 주로 젊은 커플들이 많은데 엄마아빠 나이 비슷한 커플도 종종 보인다. 남녀커플만큼 동성커플들도 많다. 어쨌거나 홀로 온 여행객은 드물다.

플리마켓이 열리는 행사장은 마흔 걸음에 건널 수 있는, 여러 다리 중에 가장 긴 다리 위였다. 그렇더라도 장소가 다리 위로만 국한되어 있으니 너무나 협소하다는 생각이 들었다. 저쪽 도시에서 살 때 엄마아빠도 이런 플리마켓을 다리에서 주관한 적이 있었다. 그 다리는 40보 남짓한 이 다리에 비하면 대여섯 배쯤 길어서 책 하나뿐인 품목이 유독 왜소하게 여겨졌었다. 나는 그 행사를 세 해쯤 주관하던 엄마아빠의 감회가 궁금하여 두 사람을 바라보았지만 자신들이 그런 행사를 했다는 기억도 없는 얼굴이었다.

우리는 다리 입구에 마련된 명부에 이름을 쓰고 발열체크를 하고 손소독제를 발랐다. 매대는 열 개 뿐이지만 꽤나 활기찬 분위기다. 도자기도 팔고 유기농 채소도 팔고 옷도 팔고 빵도 팔고 잼도 팔고 액세서리도 팔고 다육이도 팔고 있지만 어쨌든 장소가 너무 비좁다. 우리가 플리마켓을 둘러보는 데엔 10분이 채 걸리지 않았다.

정처 없이 천변을 걷는다. 기온은 더 올랐는데 바람은 잦아들었다. 기분이 나빠지려고 한다. 나는 여름 날씨를 싫어한다. 천변 능수버들 아래에 한 가족이 앉아 있다. 아버지는 책을 읽고 어머니는 천변을 오가는 사람들을 구경하고 초등학생으로 보이는 아들애는 천에 발을 담그고 있다. 저 아이는 시원하겠다, 싶다.

우리는 한옥카페가 내놓은 매대 앞에서 걸음을 멈춘다. 예술 시장에도 플리마켓에도 참가하지 않은 개인의 매대엔 우리가 좋아하는 품목들이 가득하다. 나무 트레이, 나무 그릇, 아이스크림 숟가락, 호박인형, 연필꽂이, 풍차 장식품을 샀다. 가격은 5백 원 1천 원. 10만 원, 2만 원의 가격표를 평균으로 붙이고 있던 매대들과는 차원이 다르게 저렴했다. 우리가 지니고 있던 현금은 팔천 원. 팔천 원에 맞추어 산 물건이 제법 많다. 생활한복을 입고 앞치마를 두르고 있는 저 아주머니가 카페의 주인이라면 이번에 시집을 낸 시인이라고 아빠가 알려준다. 엄마가 다시 이마를 찌푸린다. 치통인지 뭔지 모르겠지만 언짢다는 뜻이다.

우리는 점심에 먹을 빵을 구입하려고 길을 잡는다. 먹자골목
엔 청소년 시절(어디선가 24세까지 청소년이란 말을 들은 적이
있는데 그럼 나도 아직 청소년인가?)에 저 도시에서 자주 가던
체인점 한스델리가 있다. 이제 나는 한스델리를 방문하지 않는
다. 애용하던 어떤 장소는 한 시절이 끝나면 쳐다보기도 싫어지
곤 하는 것이다. 그 네거리를 지나 온 우리는 자꾸만 DNA라고
읽는 CNA란 간판을 달고 있는 잡화점 앞에서 갑자기 멈춘다.
앞서 걷던 엄마가 발을 멈췄기 때문이다.

"아, 여기다. 사흘 전에 엄마 아빠가 이 골목에 있는 집을 보
고 놀랐다고 했잖니? 여기가 그 골목 입구야. 들어가 보자, 우
리."

들어가 보자고 재촉을 하면서도 엄마는 뒤로 쳐진다. 아빠의
옷소매를 슬쩍 잡아끌기도 한다. 뭐야? 나만 들어가 보라는 거
야? 단층의 낡은 집 네댓 채가 좁은 골목(공동의 마당일지도 모
른다) 양옆으로 자리하고 있는데 Z자로 매어 놓은 빨랫줄에 널
린 빨래 탓에 초입에 자리한 두 집만 슬쩍 보고 나왔다. 엄마가
놀란 눈을 해서 말하던 골목 끝집 화장실은 처음부터 볼 생각도
없었다. 엄마 어릴 적 변소랑 똑같다는 그 화장실을 내가 꼭 봐
야 할 까닭도 없다. 이 시대에 이 도심에 그런 집이 있더라, 하던
엄마가 오늘은 조용하다.

엄마아빠가 햇살론 대출을 문의하려고 들어갔다가 의자에
앉지도 못하고 쫓겨나다시피 나왔다는 농협 무인부스로 도포

를 입고 갓을 쓴 노인이 들어간다. 이사 오던 해에, 저 은행에 어려운 이웃에게 써달라며 어떤 노인이 3천만 원을 맡겼다는 얘기를 엄마에게서 들었다. 그래서 굳이 집 가까운 농협을 놔두고 이리로 대출 문의를 하러 왔던 건데 말이야, 하며 엄마가 멋쩍게 웃었던 기억이 난다. 도포를 입고 갓을 쓴 노인네가 은행 CD기 앞에서 능숙하게 볼일을 본다. 이 도시에선 도포에 갓을 쓴 노인네들을 심심찮게 만날 수 있다.

*

전국에 체인망을 가진 빵집에서 구매한 크로켓 2개, 샌드위치 1개와 며칠 전 세 식구가 함께 만든 딸기 잼을 바른 식빵 1개씩으로 간단하게 점심을 마쳤다. 그래도 정오가 되려면 10분이나 남아 있다. 아침 산책으로 우리는 5천보를 걸었다. 저녁 산책에서 또 5천보를 걷게 될 것이다. 하루에 만 보를 걷게 되면서 우리 가족은 조금 살이 빠졌고 약간의 근육이 생긴 것도 같다.

정오가 되자 아빠는 뒷방으로 들어갔고 엄마는 옆방으로 건너갔는데 나는 식탁에 그대로 머물러 있다. 이 식탁이 내 책상이다. 이 집에서 내가 가장 편안한 곳이 이 식탁이다. 뒷방으로 간 아빠는 완벽하게 시야에서 사라졌지만 저 옆방 책상에 앉은 엄마는 내가 오른편으로 고개만 돌리면 보인다. 방문을 뜯어낸 사람은 엄마였다. 하긴 이 주방은 작고 뭐가 너무 많아서 답답하다. 저 방에 문까지 달려 있었다면 나는 차라리 안전이 보장

되지 않은 2층에서 놀았을 것이다. 도대체 2층 안전진단은 언제 하려는지. 언제까지 우리는 겨우 잠만 자고 내려와 아래층에서 복작대야 할까. 안전하지 않다는 근거도 없는 채로 우리는 위층의 안전을 문제 삼으며 깨어 있는 대부분을 아래층에서 보낸다.

나는 오늘 그림 두 개를 그려야 하지만 정말로 내키지가 않는다. 시도는 해보겠지만 그림그리기는 내일로 미루어질 가능성이 높다. 어제의 엄마처럼, 오늘의 나는 소위 '작업'을 영 하기가 싫다. 오늘의 엄마는 작업이 잘 되는 모양이다. 저 표정을 보면 알 수 있다. 다른 세계로 훌쩍 진입하여 몰두하느라 잔소리도 없다.

기타를 둥당거려봐도 재미가 없다. 단골로 들어가는 유튜브 채널도 오늘은 그저 소음처럼만 여겨진다. 하다못해 게임마저도 재미가 없는 날이 있는데 오늘이 바로 그런 날이다. 그렇다면 할 수 없지. 나는 방충문을 열고 현관을 나가 마당 수돗가에서 까만 장화를 신는다. 엄마가 그랬듯 덴탈 마스크를 쓴다. 벽에 걸린 밀짚모자를 내려서 쓴다. 밭에 나갈 준비완료.

엄마가 왜 다육이를 키우고 텃밭을 일구는지 얘기한 적이 있다. 아무 일에도 흥미가 일지 않아서라고 했다. 아니다. 정확히 말하면, 중요한 일에 집중할 수 없는 일종의 대기 상태를 견디기 위해서라고 했던 것 같다. 그 심정을 오늘의 내가 충분히 이해한다. 밭에 나오니 볼 게 많다. 방울토마토가 아직은 푸르지만 열매를 맺고 있고 오이꽃이 예쁘고 호박꽃 안엔 벌이 한 마리 들어가 웅웅거리고 있다. 매일 따 먹어도 상추는 매일 자라고 늦게 심은 옥수수는 저쪽 다른 밭에 비하면 애기지만 그래도 자라나서 옥수수를 매달 것이다. 내가 이 밭에 나와 하는 일은 아무것도 없다. 나는 이 밭을 구경하다가 음악선생님이었다는 밭주인 아저씨가 마련한 조붓한 시멘트 길을 따라 아저씨가 키우는 꽃들을 구경하고 아저씨가 키우는 작물들, 엄마 밭의 작물들과는 다른 작물인데, 이를테면 모닝글로리라던지 하는 뭔가 이국적인 작물들이 자라고 있는 나무판자로 예쁘게 만든 밭들을 구경한다. 아저씨의 젊은(그래도 나보다는 열 살쯤은 더 나이가 많을 것이다) 아내인 티랑씨는 베트남에서 온 여성이었다. 가끔 이 밭에서 낯선 이국의 말이 노래처럼 들려오는 이유다. 볕이 따가운 정오, 이 밭엔 아무도 없다. 티랑씨는 아침에 출근하여 저녁에 귀가한다. 아저씨는 주로 저녁 무렵에 밭을 돌본다.

인터넷으로 한국어 교사 자격증 취득 공부를 하는 아저씨의 꿈은 아내의 나라로 가서 학교를 세우는 것이다. 거기서 한국어를 가르치며 말년을 보내는 것이 아저씨의 소망이다. 이 애기도 나는 엄마에게서 들었다. "그때가 되면 이 밭이 우리 밭이 될 수 있을까?" 하며 엄마가 눈을 반짝거렸다.

이 밭에 들어온 동물 하나가 있다. 눈 색깔이 다른 고양이다. 엄마는 이 애를 나미라고 부른다. 엄마는 모든 고양이를 나미라고 부른다. 고양이에게 특별한 관심이 없다는 뜻이다. 저 길냥이 녀석은 잘하면 키워볼 수도 있겠다 싶은 게 저 녀석을 모델로 엄마가 글 한 편을 쓴 바가 있어서다. 내가 다가가도 녀석은 피하지 않는다. 그래서 나는 저 애가 나를 좋아한다고 생각하기도 한다. 아저씨가 놓아준 사료와 물을 다 먹은 녀석을 뒤따르며 밭 여기저기를 함께 걷는다. 녀석은 흥미가 없는지 밭을 빠져나가고 나는 또 혼자가 된다. 아빠의 창에서 폴폴 담배 연기가 새어 나온다. 나도 담배 하나를 빼어 문다. 비탈이라 앉을 곳은 고사하고 편히 서 있을 곳도 없지만 이상한 스릴은 있다.

이 밭과 접해 있는 집은 우리집을 포함하여 하나, 둘, 우리집, 넷, 다섯 집이다. 담을 허물고 밭이 생기면서 다섯 집의 내력을 조금 알게 되었다. 하나에 해당하는 밭주인 아저씨와 둘에 해당하는 고위공무원으로 퇴직한 집과는 사이가 좋지 않다. 셋에 해당하는 우리집과도 고위공무원집은 사이가 좋지 않다. 하나와 둘이 틀어진 건 왜인지 모르지만 둘과 셋이 틀어진 이유는 잘 알고 있다. 셋의 집으로 들어가는 인터넷 선을 둘의 아줌마가 끊어놓으면서 엄마아빠는 새로 이사를 온 자의 자세를 유지하며 꼬박꼬박 해오던 겉치레 인사마저 멈추었다. 고위공무원집 부부는 인사를 해도 받지 않았는데 엄마아빠는 그래도 열심히 인사를 했다. 그러나 인터넷 선이 끊겨진 사건이후 아예 쌩까기로 맘을 먹었던 거였다. 성격이 팔자란 말이 있다. 고위공무원집 부부는 이 동네 누구와도 관계를 맺지 않고 있다. 스스로들이 자초한 일이다.

저 집의 앵두나무는 그래도 어여쁘다. 저 집은 이 산동네와 어울리지 않게 고풍스럽다. 주말마다 딸 내외와 어린 손주 둘이 놀러오는데 어째 오늘은 조용하다. 가끔 기타를 매고 대문을 나서는 저 집 아줌마를 본 적이 있다. 그런데 어느 날 엄마아빠 친구인 가수 부부가 와서 밤 내내 기타를 연주하며 놀다 안동으로 돌아갔는데 그때부터 아줌마의 기타소리는 들리지 않았다. 이제 막 기타를 시작한 나보다도 더 소리가 좋지 않았던 건 분명히 기억한다. 그렇더라도 나는 직접 겪은 어떤 이유 없이 사람을 미워하지 않기로 한다.

야외에서 피우는 담배는 맛이 좋다. 장화로 눌러 끈 꽁초를 엄마 몰래 밭 한쪽에 묻었다. 이제 슬슬 다시 식탁으로 가볼까? 마침 나를 부르는 다급한 목소리도 있으니.

"이것 좀 봐봐. 이거 바이러스 먹은 게 분명하지?"

엄마가 쓰는 노트북은 대학 1학년 때 내가 중고로 산 노트북인데, 저장용량은 어마어마하지만 속도가 한없이 느려서 6개월만 쓰고 처박아둔 것이다.

"백신을 한 번 돌려볼게."

"고마워."

엄마는 글에 속도가 붙었던 모양 다급한 기색이 역력하다.

"바이러스 체크하는 동안 내 노트북으로 쓰고 있어요."

"아니야. 네 건 타자감이 익숙하지가 않아. 차라리 이 키보드를 태블릿에 연결해서 쓸래."

저런! 키보드 건전지가 나간 줄 엄마는 모른다. 이제 아빠는 작업을 멈추고 다이소에 가서 건전지를 사와야 하리라. 아니나 다를까. 아빠가 마스크를 쓰고 모자를 쓰고 추리닝을 벗고 외출복으로 갈아입고는 현관을 나선다. 도대체가 엄마는 기계에 관해 몰라도 너무나 모른다. 그래서 글을 쓰기 시작하면 아빠와 나는 대기상태가 된다. 이게 왜 이러지? 어, 이건 또 왜 작동을 안 하는 거야? 그런 상황에 재빠른 해결사가 되어야하기 때문이다. 아, 그럼 펜으로 쓰던지. 한글 타자는 어떻게 배운 거야? 나는 속에 불평이 쌓인다. 그래도 엄마가 귀엽긴 하다. 참 아날로그적으로 사는 사람이다. 고집도 세서 다른 간편한 대안을 거부하기 일쑤고. 어쨌든 노트북에 깔린 백신 프로그램이 마쳐지기까지 40분이 남았다고 하니 아빠가 빨리 건전지를 사오긴 해야 할 것이다. 다행히 글에 완전히 몰입이 된 모양이어서 엄마 손에 잡힌 볼펜이 열일을 하고 있다. 아빠와 나에게 잔소리와 불평을 할 새도 없다. 아무튼 귀엽긴 하다.

나는 태블릿을 켜고 손 두 개를 그리기 시작한다. 휴대폰을 든 내 손이 모델이다. 다른 손 하나는 침대에 누워 전화를 받는 외할머니 손이다. 외할머니가 보고 싶다. 외할머니가 돌아가신 지 벌써 석 달이 되었다. 하루에 두 번씩 할머니와 전화를 하던 때에도 나는 통화가 지겹거나 하지는 않았다. 나는 할머니와 전화통화를 하던 때의 장면을 그리려는 것이다.

할머니가 돌아가시기 전날이었다. 숨이 가빠 고생스러워 하시면서도 전화기 이편에 있는 사람이 나인지 확인하고는 "사랑해 우리 아가"라고 말했다. 내게 남긴 할머니의 유언은 '사랑해'였다. 할머니의 유언은 힘이 셌다. 할머니가 나에게 남긴 마지막 목소리를 떠올리면 언제나 내 안에서 갑자기 사랑이 넘쳐흐르기 시작한다. 그래, 가끔씩 충만해지는 이 마음이면 족해.

엄마는 내가 발랄해지면 양 손바닥을 펴서는 아래로 누르는 손짓을 하곤 했다. 천천히, 자, 천천히, 그런 제스쳐였다. 그러나 나는 그 제스쳐의 뜻을 알아도 그렇게 하지 않는다. 충만한 마음이면 되었지 그걸 왜 누르고 참으라는 말인지. 아니, 충만의 이유를 우리 세대는 짚어 볼 수가 없다. 사람과의 관계는 언제나 힘이 들었다. 그저 무조건적인 지지를 받아야만 생겨나는 자신감-관계 맺기에 대한-을 상실한 세대, 그게 우리 세대였다. 무조건적으로 지지를 받고 있다는 느낌도 가족이나 친구에서 온다기보다는 고양이나 강아지에게서 왔다. 인간에 대한 일반적인 감정들을 겪어가기엔 우리들의 시간은 순간적이었고 우리들의 공간은 너무나 겹쳐져 있었다. 손바닥으로 정보가 파도처럼 흘러들기 십상이었고 우리는 뿌리보다는 날개로 버텨야 했다. 뿌리를 내린다는 말의 의미를 정녕코 알 수 없었다. 크고 화려한 날개로 빨리 옮겨 다녀야 했다. 우리는 그런 준비만 했다. 순발력이 크고 중요한 무기가 되었다. 순발력이 없으면 교과목 선택에서도 실패를 맛봐야 했다. 세상이 더 좋아지려면 우리는 어떻게 해야 하나, 하는 큰 물음들이 아예 생겨나지 않은 건 아니지만 뿌리는 없고 날개만 커다란 우리는 그 물음을 생각하는 동안에도 캐릭터의 무기를 얻기 위해 게임에서 눈을 떼지 못했다.

시간이 조금 느리게 흘러도 좋을 것 같았지만 멈추어 서서 그저 겪어 보아도 좋을 시간을 우리는 갖지 못했다. 상실이라던지 허전함 같은 단어가 우리들 입에서 나올 수 없는 것은 우리가 무중력의 터널에 갇혔기 때문이다. 그래서 또래의 절친이 그리왔다. 그러면서도 또래에게 이내 실망했다. 가까스로 찾은 취미는 낭비였지 휴식이 아니었다. 그래, 우리라고 뭉뚱그리지 말자. 나는 그랬다.

마음이 조금은 부드럽게 깊어지길 나 역시 원한다. 일을 하는 기쁨은 몰라도 좋다. 그저 내가 지금 이 세상에 섣부른 복종 없이 잘 있고 싶다. 그러자면 어째야 하나? 사람 사이를 흐르며 '네가 어여쁘다' 일러주는 우정의 경험을 어떻게 쌓아가야 하나? 편견에 쉽게 날아가 버리는 물음들을 어떻게 내 안에 더 잡아매어 둘까? 우리는, 아니 나는 집중을 잃은 세대일까? 후우, 숨이 가빠온다. 숨을 쉬자, 천천히. 후우. 여기가 어딘지 나는 여기에서 뭘 하고 있는 건지 따위가 뭐가 중요한가. 그런데도 나는 또 스스로의 판단에 잡아 먹혀진다.

"이리 좀 와 봐유. 고양이가 연애를 하고 있시유." 네 번째 집 아줌마의 목소리에 나의 미간이 찌푸려지고 있는 것이다. 오늘은 쉬는 날인가? 나는 아줌마의 큰 목청에 매번 동일하게 반응하는 내 미간이 못마땅하다. 고양이가 연애를 한다는 말에 나는 왜 기분이 이렇게 상하는 걸까? 말의 내용이 아니라 그저 억양이나 목소리 톤에서 비롯되었을지도 모르겠다. 엄마 말대로 나는 지나치게 모든 것에 반응하도록 생겨먹은 걸까? "아이 참, 아줌마, 빨리 나와 봐유. 아니 이 나이에 태몽도 아니고 뭐 그런 꿈을 꾸었대? 내가 말이유, 길을 걷다가 고추밭을 만났시유. 허겁지겁 그 잘 익은 고추를 후두둑 훑어서 치마폭에 넣고 있더란 말이유." 네 번째 집 아줌마는 자신의 희로애락을 골목이나 밭에서도 푸짐하게 털어놓는 사람이어서 나는 그이에 대한 정보를 꽤나 가지고 있다. 아, 그렇지만 쪽팔린다. 프로이트 식으로밖에나 이해할 수 없는 폐경이 훨씬 지난 여성의 꿈까지 내가 들어야 하나. 60 초반. 오래전에 남편과 사별. 미혼의 딸 둘 있음. 딸들의 도움으로 얼마 전 400만 원을 들여 방수와 페인트칠을 함. 골목을 오갈 때마다 혼잣말을 아주 큰 소리로 함. 대체로 격한 분노가 많지만 가끔 자랑도 섞임. 엄마 아빠의 자전거를 발로 차 무너뜨린 적 있음. "뭐가 어쨌다구유?"하고 느리게 대응하는 저 목소리는 우리 집에서 뒷마당이 내려다보이는 다섯 번째 집에 혼자 사는 할머니. 정보가 별로 없음. 다만 저이네 집 뒷마당 담벼락에 기대어져 있는 썬포트 두 개를 엄마가 몹시 탐내고 있어서 엄마가 조만간 한번은 말을 걸어 볼 노인네라는 정도.

심심하다. 자극적인 게 하나도 없는 곳이다. 이 도시의 곳곳에서 엄마가 터뜨리는 탄성을 나는 공감하지 못한다. 나는 좀 더 이질적인, 좀 더 색다른 어떤 장소를 만나야 할까? 레이캬비크. 내가 어떤 장소를 선택할 자유와 여건이 마련된다면 나는 레이캬비크에 가서 살고 싶다. 뭔가 내가 살아온 도시들과는 확연히 다른 풍경이라면 나도 그 풍경을 찬찬히 들여다볼 수 있을 것 같다. 무엇보다 나는 여름이 없는 곳에서 살고 싶다. 나는 언제부터 여름을 싫어했을까? 여드름이 나면서부터일까? 모르겠다. 엄마가 겨울의 추위를 무서워하듯 나는 여름에 내 살갗을 흘러내리는 땀방울이 싫다.

서늘한 실내에서 바깥의 뙤약볕을 보는 것도 괜찮네. 함께 있으며 또 혼자인 시간이다. 정오에서 오후 네 시까지 우리 가족은 좀 떨어져 있기로 했다. 각자의 장소에서 따로 지내는 시간을 마련한 지 일주일째다. 가족회의를 거쳐 이 각자만의 시간을 정한 건 아빠의 작업을 위해서였다. 이 집의 집사요 나와 엄마의 심부름꾼인 아빠가 요사이 부쩍 지쳐보였다. 게다가 아빠는 돈벌이도 해야 하고 책도 내야 해서 마음이 조금 조급해지고 있었다. 눈치 빠른 엄마가 그걸 놓칠 리가 없었다. 눈치가 빠르다고 말했지만 사실 엄마는 내 생각보다 훨씬 아빠를 사랑하고 있다는 걸 함께 붙어살게 되면서 알게 되었다. 엄마도 책상 앞으로 쪼르르 달려가 뭔가를 쓰기 시작했다. 그래서 갑자기 이 시간이 나는 무료해졌다. 무료해지자 밭도 보이고 동네 사람들의 말소리도 들렸다. 무료함을 좀 더 참아 봐도 좋을 것 같다. 어쨌든 지금 내가 가장 바라는 것은 엄마와 아빠와 함께 재미있게 건강하게 지내는 것이다. 행복은 부수적인 것이다. 우리 가족이 건강하고 재미있게 지내면 족하다. 그나저나 시간은 왜 이렇게 더디게 갈까? 게임도 하지 않고 유튜브도 보지 않고 나는 계속 이 시간을 버텨볼 참인데 가능할까? 아직 두 시밖에 안되었는데? 저녁은 뭘 해먹을까? 며칠 전까지만 해도 엄마의 고민이었는데 어째서 내가 이걸 떠안게 되었을까? 냉장고를 뒤져봐야겠다. 이러다가 저녁을 세 시에 먹게 되면 어쩌지? 그럴 순 없지. 네 시까지 개인 작업시간이니 네 시에 맞추어 주자. 천천히 밑반찬도 좀 만들어야겠다. 이왕이면 손이 많이 가는 음식을 만들어야겠지? 그래. 무료할 일이 뭐가 있어? 음식을 만드는 일이 얼마나 즐거운 일인데. 얏호! 나는 마침내 찾은 의미 있는 일에 약간 흥분이 되었다. 세상엔 재미있게 놀 게 참 많아. 편편 놀다가 재미가 없을 때, 그래서 글을 쓰면 재미가 있으려나 싶어질 때 엄마는 글을 써. 물론 글을 쓰기 시작해도 호락호락 재미를 쉽게 내주지는 않지만 대개는 새로운 재미를 주더구나. 언젠가 아이스크림을 쪽쪽 빨며 엄마가 글을 쓰는 이유를 말했는데 나는 엄마가 아무렇게나 휴지통에 버린 아이스크림 껍데기를 바라보고 있었다. 그때엔 말하기와 먹기가 동시에 진행되던 엄마의 입이 보기에 언짢았는데 오늘은 그 입이 아닌 마음이 조금 보이기 시작한다.

*

1

동굴 같은 이불을 쓰고 거적문이 중얼대기 시작했다.

『율리시즈』 같은 책을 보면 말
이야. 저쪽 서구 사람들은 여행
자의 고독을 이야기하곤 하지 않
니? 그러나 우리가 그리고자 하

는 것은 서구가 아닌 동양, 그중
에서도 지금 우리가 있는 이곳
의, 고독이 아닌 우애란 말이지.
우리의 여행자는 브라우티건 식
으로 우아하고 풍자적이며 여백
이 있고 품격이 있는 성찰을 보
여줄 거야. 물론 『미국의 송어낚
시』나 『워터멜론 슈가』 같은 구
성이거나 칼비노의 『보이지 않는
도시들』 풍이 될 수도 있어.

　　노파는 담배 생각이 간절했다. 그러나 습(習), 마지
막 남은 습일 뿐, 실제로 노파는 담배에 관한 어떤 실
감도 떠올릴 수 없다. 노파의 손에 들린 성냥곽이 입
을 연다.

　　고독에 침잠하는 인간이 아니
라 우애를 나누는 인간이 여행자
란 말이지? 그렇지, 여행자는 서
로가 서로에게 의존되어 있다는
믿음에서 생겨났지. 물론 상호주
체적인 의존이어야 해. 상호주체
적인 의존······.

일렁이는 화롯불이 성냥의 말을 받는다.

> 바슐라르의 4원소설과 동양
> 의 5행이 섞이는 거지. 불, 물, 나
> 무, 쇠, 대지 그리고 공기.

고구마퉁가리가 말을 이어간다.

> 다시 말하지만 우리의 주인공
> 은 여행자야. 이 사람은 영웅이
> 지. 남녀노소의 구별을 두지 않
> 을 거야. 들뢰즈식으로 말하면
> 어떤 인간인 셈이지. 지금 여기
> 를 그릴 것이며, 그가 여행하며
> 만나는 사람들, 정황들을 그리
> 게 될 거야. 그는 영웅이니까. 스
> 타가 아니라 영웅이니까. 서로를
> 서로에게 의존시키는 의미에서
> 그는 여행자이자 영웅이지.

노파는 성냥을 그어 담뱃불을 붙이는 시늉을 한다.
거적문이 다시 입을 열었다.

자신들의 노력을 보아주는 존
재들이 있다는 것을 연금술사들
은 알았단다.

여행자로서의 감이 있었지만,
진짜 여행자는 아니었지.

그나저나 강력한 악당은 찌꺼
기들이야. 언제고 안 그랬을까만.

아이가 물었다.

"엄마, 인간이 무엇인가요? 나는 찌꺼기인가요, 아
니면 여행자인가요?"

2

내내 내리고 있는 눈 탓에 (부뚜막의) 시간은 더욱
등질적으로 여겨졌다. 그들은 날씨의 변화를 감각의
모든 촉수로 알아내는 일을 즐겼으나 그 끈질기고 강
력했던 욕망들도 한결같은 색깔의 날씨에 순응하여
담담해졌다. 이제 그들은 날씨 대신 자신 안에 깃든
달력을 믿었고 시계를 믿었다. 낮 열두 시반과 저녁
여섯 시 반이면 그들은 무언가를 먹고 싶다는 생각이
들었다. 조금만 뚝딱거리면 순식간에 훌륭한 음식을

만들어 먹을 수 있었다. 스스로 만든 요리를 먹을 때마다 노파는 손을 쓰는 일을 해야 한다는 점쟁이 말이 떠올라 '요리사, 요리사.' 중얼거리곤 했다.

하지만 그녀는 어떤 일도 직업으로 갖지 못하고 만년에 이르렀다. 식사 준비와 음식섭취는 언제나 삼십분이면 충분했다. 그러나 그걸 확인하려고 시계를 보는 일은 없었다. 시계도 소용없는 곳에서 그녀는 더욱 자신에게 충실할 수 있었다. 그녀의 시간은 어디를 잘라내어 살펴보아도 동일한 모습을 띄고 있었다.

아이가 보채기 시작했다.
"엄마, 요리사가 뭐예요? 눈은 또 뭐예요? 날씨가 뭔가요? 시간은요? 시간은요?"

3

무엇에서 무엇이 나왔는가? 저 오롯하고 또렷한 존재들은 무엇인가?
어둡고 긴 밤이 가고 아침이 왔다. 여자는 시간의 변화를 감지하였다. 죽어있던 몸의 세포들이 하나둘씩 눈뜨고 있었다. 여자는 오랜만에 손거울을 바라보았다. 머리 위에 하얗던 백발이 사라지고 흑단 같은 머리칼이 너울댔다.

밖에서 기척이 났다.

발걸음 소리가 점점 더 가깝게 들려왔다.

누군가가 그녀에게로 돌아오고 있었다.

한 발걸음 뒤에 다른 발걸음들이 이어지고 있었다.

그녀를 향해 모두가 돌아오고 있었다.

"엄마, 저 발걸음 중에 내가 있나요?"

삭은 거적문이 열리고

내내 빗속을 걸어온 발걸음이 물었다.

*

　저녁을 일찍 먹은 우리는 바깥의 따가운 햇살을 넘겨보며 식탁에서 노닥거리다가 해가 좀 이울어서야 목적지도 없이 대문을 나섰다. 어디로 산책을 갈지도 정하지 않고 걸음을 옮겼다. 시내버스 정류장에 도착해서야 우리들의 신발이 제각각인 걸 알았다. 아내는 장화를 신었고 딸애는 샌들을 신었는데 나는 또 운동화였다. 정류장에 함께 있던 사람들이 우리들의 신발만 보는 것 같아 얼굴이 화끈거렸다. 거기 가볼까? 하는 아내의 말을 나는 또 곧 알아들었다. 눈이 동그래진 딸애가 버스에 오르는 제 엄마를 따라 올랐다.

　우리가 기다리던 버스가 바로 와서 그나마 다행이었다. 버스로 15분이면 갈 수 있는 곳인데 그곳을 한 번도 찾지 않았던 이유가 뭘까? 계약을 위해 박카스를 들고 찾았던 할머니의 아파트를 지나며 나는 내 손에 들린 박카스 상자를 내려다봤다. 버스는 오른편으로 돌아 강을 따라 달렸다. '효심의 길' 주인공이 살았다는 동네를 지나 다시 오른편으로 돈 버스가 넓은 도로를 올라타 빠른 속도로 내달린다. 멀리 보이던 육교가 점점 가까워진다. 나는 하차 버튼을 눌렀다. 우리는 초등학교 앞에 내려 학교 운동을 기웃댔다. 공놀이를 하는 아이들도 없이 초등학교 운동장이 비어 있다.

　딸애는 이곳이 처음이었다. 아이가 휴학하기 전이었고 6개월이란 짧은 기간 동안 사용을 했던 곳이라 아이는 이곳을 말로만 들은 게 전부였다. 나 역시도 마을의 풍경이 아직도 낯설었다. 미나리는 여전히 실하네, 하는 아내의 말이 아니었다면 학교 옆으로 천이 흐르고 있다는 사실도 기억하지 못했을 테고 눈을 그쪽으로 옮겨 어쩐 일인지 지저분해 보이는 개천을 바라보지도 않았을 것이다. 저 집은 결국 헐렸구나, 해서 봤더니 교회 옆으로 빈 공터가 보였다. 건조실은 여전하구먼, 해서 아, 저기가 건조실인 모양이구나 했다. 아무리 생각해도 내가 이곳에 왔던 횟수는 세 번이 넘지 않았다. 아내의 방문도 열 번을 넘기지는 않았던 것으로 안다. 이곳은 친구 k가 훨씬 자주 드나들었던 곳이다.

"와, 또 마을이 있네. 여긴 넓다."

갑자기 넓어지는 들판과 산자락에 자리한 집들이 한 눈에 들어오자 딸애가 탄성을 질렀다.

"놀랍지? 누가 감쪽같이 숨겨 놓은 것 같지?"

아내가 이 풍경을 감쪽같이 숨겨 놓은 사람이 자기인 양 뿌듯해하며 아이를 바라보았다. 나는 박카스 박스를 든 채 두 사람의 뒤를 따라 천천히 그들이 음미하는 들을 바라보며 걸었다. 벼들이 심어진 논 탓이었을까? 신혼시절 우리가 살던 경기도의 농촌이 오버랩 되어 떠올랐다. 서른의 아내는 고왔다. 단발머리를 해서는 자전거를 타고 논들 사이로 난 이런 길을 내달리며 깔깔댔었다. 바람에 날리는 머릿결은 부드러웠고 웃음은 싱그러웠다. 결혼 25년 차의 아내는 관절염을 앓고 치통을 앓고 허리와 어깨마저 굽어 있다. 나는 평지인데도 아내의 등에 슬쩍 손을 대고 밀어준다.

"댕댕이도 있어요."

삼거리 모퉁이 집엔 늙은 개가 두 마리나 있었다. 두어 번 짖더니 이내 우리에게 흥미를 잃었다. 나는 아내의 등이 무엇엔가에 긴장하는 것을 감지했다. 소똥 냄새가 여전한 넓은 우사엔 아직도 소 두 마리가 키워지고 있었다. 대문도 없는 집 앞에 우리가 당도하자 인동초가 감아 올라간 고목나무 두 그루가 우리를 맞이했지만 우리는 그 입구로 발을 들여놓지 못했다. 외국처럼 임대나 매매를 위해 내놓은 집이란 표식도 없었으며 무엇보다 빨랫줄에 수건과 장갑과 양말이 걸려 있는데 아주 오래전부터 걸려 있던 것도 같고 지금 막 빨아 넌 것도 같아서 마당 안으로 들어가기가 주저되었다. 잔디마당은 여전히 잘 가꾸어져 있고 마당엔 갖가지 꽃들이 피어나 있었지만 사람의 기척은 들리지 않았다. 우리 식구 중에 담대하게 슬쩍 남의 집 마당으로 들어설 수 있는 사람은 아내뿐이었지만 어쩐 일인지 아내는 내 손에 들린 박카스 박스만 내려다보며 움직일 줄 몰랐다.

*

우리는 산 쪽으로 난 오르막길로 걸음을 옮겼다. 서너 채의 집들이 있었으나 대문이 닫혀 있었고 사람의 기척은 들리지 않았다. 그 길에서 엄마는 "이 밭이야, 할머니가 내내 분주하게 가꾸던 밭이."했을 뿐이었다. 밭엔 과실수와 꽃나무가 많았으며 정갈한 우리 동네 비탈 밭과는 달리 잡초로 우거져 있었다. "아무도 밭을 안 부치나보네."하며 아빠가 엄마를 바라보았다. "교차로에 대지 200평, 구옥 있음, 밭 350평 포함, 하며 나오는 매물이 있더라고." 엄마가 말했다. "동네도 이 동네로 되어 있고." 다시 엄마가 말했다. "이 집과 땅을 팔려는 건가 보지?" 아빠는 그 광고가 정말로 이 땅을 팔겠다는 광고라고 확신하는 것 같았다. "아직 안 팔린 거면 할머니가 가끔 들르지 않겠어? 박카스는 두고 가자." 아빠가 말했다.

박카스를 두고 온다는 핑계로 우리는 아무도 없는 집 마당으로 들어섰다. 일단 마당으로 들어서기가 어려웠을 뿐 엄마는 집 곳곳을 천천히 둘러보기 시작했다. 물론 문이란 문에 죄 자물쇠가 잠겨 있어서 엄마가 둘러본 곳은 뒷마당 수돗가와 수돗가 뒤 조금 전 우리가 산길에서 슬쩍 봤던 밭의 초입 정도였다. 밭엔 몇 가지 작물이 자라는 것도 같았는데 잡초가 우거져 작물을 구분하기 어려울 지경이었다. 수돗가 사각형의 시멘트 구조물 안에서는 미나리가 말라가고 있었다. 엄마가 수도를 틀어 호스를 그쪽으로 옮겼다. "그걸 왜 틀어 엄마?" 내가 놀라서 물었더니 "이 수도는 저 산에서 내려오는 자연수야. 틀어놔도 괜찮아. 예전에 할머니도 늘 틀어놓더라고."했다. "그래도 그러면 안 될 것 같은데? 수도는 잠가놓고 가요." 내가 말했다. "여기서 k씨랑 j씨랑 지선생님이랑 최선생이랑 우리 같이 삼겹살 구워 먹던 거 생각나지?" 수돗물을 잠그며 엄마가 아빠에게 물었다. "기억나지, 그럼. 이 동네 저 앞뜰에서 동학군이 참패를 당했다고 우리들에게 알려준 것도 지선생님이잖아." 아빠와 엄마는 내가 모르는 경험을 되짚으며 쓸쓸한 낯빛을 감추지 못했다. "이건 여전히 여기에 붙어 있네."하며 엄마가 가리킨 것은 시내로 나가는 두 편의 버스노선이 저 초등학교 앞을 통과하는 시간표였다. 흔들거리며 쓴 듯한 필체였으나 시간을 알아보기엔 충분했다. 그 종이에 적혀진 대로라면 30분 뒤면 시내로 나가는 버스가 초등학교 건너편 정류장에 도착할 거였다. 이번 버스를 놓치면 한 시간 반이나 더 기다려야 시내로 나가는 버스를 탈 수 있을 거였다. 갑자기 우리는 마음이 바빠졌고 서둘러 집을 나왔다.

　육교를 건너 초등학교 건너편 버스정류장에 도착하고 5분이 채 안되어 집으로 돌아오는 버스가 왔다. 옅은 어둠이 내린 도로를 버스는 빠른 속도로 달렸다. 도시지역으로 들어서면서 버스는 신호등에 자주 걸렸고 우리가 고물상 앞에 내렸을 때엔 건너편 성당주위로 조명이 켜져 있었다. 보통 때라면 엄마는 "저 성당은 근대문화유산이야." 하며 나를 돌려세웠을 텐데 이번엔 아무 말도 없었다. 오르막길 중간에 이르러 잠깐 피유―, 하며 마스크 끈 한쪽을 살짝 벗고 가쁜 숨을 토했을 뿐이었다. 깊은 밤도 아닌데 동네는 적막했다. 그래서 우리집 대문 열리는 소리가 지나치게 크게 들렸다.

　아직 여덟 시도 안 된 초저녁이었다. 오늘도 엄마는 진통제 한 알을 먹었다. 두 알이 적정량이었지만 엄마에겐 진통제 알레르기가 있다. 어제보다 더 일찍 엄마가 잠자리에 들었고 아빠와 나는 다시 심심해졌다. 우리의 야식 타임도 조금 앞당겨졌다. 아빠와 나는 조용히 토스트를 만들어 먹었다. 아빠는 뒷방으로 건너갔고 나는 식탁을 정리한 뒤 설거지를 했다. 모든 일이 조용히 진행되었다. 조용히 밤이 또 찾아왔다.

*

5월이 가고 6월이 왔다. 오늘은 평소보다 한 시간이나 이른 6시에 저절로 눈이 떠졌다. 일어나는 시간이 자꾸만 앞당겨지고 있다. 식구들과 하루의 일과를 맞추자면 아무래도 오늘은 치과를 가야 할 듯하다. 창을 열자 숲의 냄새가 콧속을 파고든다. 나는 천천히 깊게 숨을 들이마신다. 눈이 맑아진다. 내려다보이는 텃밭에 자라난 잡풀들이 보인다. 아래층으로 내려와 벗어 놓은 작업복으로 갈아입고 수돗가에 나란한 장화 세 켤레 중에서 빨간 장화를 꺼내어 안으로 발을 들이민다.

오늘도 비탈 밭으로의 입장은 편치가 않다. 아무리 주의를 기울여도 몸이 기우뚱한다. 발은 참 예민한 몸이로구나. 앞으로 쏠린 몸을 한 발로 바로 잡으며 재빨리 좁은 물고랑에 나머지 발 하나를 놓고는 혼잣말을 한다.

간밤 비가 온 모양 미나리가 심어진 물고랑으로 반짝대며 물이 흐른다. 밭둑에 심은 호박잎이 흙탕물을 쓰고 있어 졸졸 흐르는 고랑의 물을 두 손에 모아 흙이 묻은 잎에 뿌린다. 세 번, 네 번, 다섯 번. 내일 점심에 두 동무와 쌈밥을 먹기로 했다. 쌈채는

무럭무럭 잘 크고 있다. 내일은 상추에 쌈을 싸서 푸지게 밥을 한 번 먹어보자, 다짐한다. 푸짐한 식사에 대한 다짐만으로도 아래쪽 어금니가 신경을 건드린다. 아이구, 오늘은 꼭 치과에 가야하겠네.

작물만큼 잡초가 자라나 있다. 하지만 나는야 밭매기 선수. 아주 어려서도 나는 살뜰하게 김을 맬 줄 아는 꼬마였다고 한다. 재빠르고 야무졌지. 오라비와 엄마는 종종 내 밭 매는 솜씨를 칭찬하곤 했다. 새해가 시작된 어느 날 오라비가 엄마에게 물었다고 한다. 엄마는 언제가 제일로 좋았어? 까무룩 정신을 놓칠 때마다 무엇을 물으면, 나는 이제 바보가 됐어, 하던 엄마가 눈을 반짝이며 대답했다고 한다. 시골 우리 산밭에서 너랑 막내랑 밭일할 때가 좋았어, 나는. 너럭바위 위에서 느이랑 함께 까먹던 도시락이 내가 먹어 본 음식 중에 제일로 맛이 좋았어, 나는.

2월 마지막 날 엄마는 숨을 놓으셨다. 엄마는 엄마의 가장 좋은 시절을 간직한 산밭이 보이는 선산 아버지 곁에 묻히셨다. 삼우제를 마치고 돌아오니 이 나무가 하얀 꽃을 피우고 있었다. 그래서 나는 이 매화나무 한 그루를 엄마로 생각하기로 했다. 엄마의 기일이면 활짝 꽃을 피울 터였다. 우리집 뒷담이 허물어진 것은 그 다음 날이었다.

그즈음 내가 밭을 하나 마련했다는 자랑을 동무에게 했더니 그 동무가 말했다. 언니는 하고 싶은 것을 다 하고 사는구나, 했다. 그랬는지도 모른다. 그랬다면 나는 엄마나 오라비, 그리고 나와 가까이 있던 친구들, 남편과 딸애, 나와 함께 놀아준 모든 것들에게 힘입었던 거였을 것이다.

언젠가 흙이 만들어지기까지의 과정을 담은 다큐멘터리를 본 적이 있다. 그때 나는 그 유구한 시간이 만든 흙이란 것에 압도되었다. 어쩌면 이 터에는 천 년 전, 이천 년 전, 아니 그보다도 더 먼 어느 때에도 사람들이 살고 있었는지도 모른다. 사람들 이전에도 이곳엔 삶이 있었을 것이다. 누구의 기억에도 없는 뭔가가 있었을 것이다. 지금의 내가 도저히 알 수 없는 무언가가 있었을 것이다. 나는 그게 뭔지 모른다. 다만 무언가가 함께 있다는 것을 실감할 뿐이다. 새가 되고 풀이 되고 다람쥐가 되고 매화나무가 되며 너럭바위가 되는 무엇이 있었다는 걸 느낄 뿐이다. 저 산의 커다란 바위 하나가 굴러 떨어져 너럭바위가 되고 너럭바위 옆 매화나무가 되고, 그 무엇이 쪼개지고 쪼개져 여기 이 사람들이 되고, 저 높은 산을 넘고 너른 바다를 날아간 무엇이 아프리카 어느 땅에 닿아 맨발로 공을 차고 있는 아이로 태어나고, 할렘가 질척거리는 도로변에서 지금 이 순간 이유도 없이 총을 맞아 죽어가는 청년이 되었을 수도 있는 무엇이, 있었을 것을 나는 믿는다. 저 산의 돌 하나가 삭아 없어지는 그 무한의 시간이 흐르고 구르는 일들을 우리는 모른다. 그러나 그 일을 하나의 종(種)이 다 관장할 수 있으며 기억할 수 있다고는 믿지 않는다. 만약 이 우주만상에 우리의 전사(前史)가 새겨져 있다면 어느 날 우연히 행운처럼 우리는 또다시 만나지지 않을까?

엄마는 이제 천천히 흙으로 되돌아갈 것이다. 무심하게 우리들 사이를 흘러가는 조용한 것들을 생각한다. 이 밭의 흙도 누군가의 전사일 것이다. 이곳에서 나는 엄마가 묻힌 먼 고장을 생각한다. 내가 태어나 초등학교 5학년까지 살았던 그 고장에서 만난, 엄마의 가장 좋았던 시절을 불러오는, 흙담의 분가루 같은, 70년대식 햇살을 간직한 도읍지의 이 표정이 나는 좋다.

작가의 말

여기에 묶인 소설들은 다 한 가족의 일상이야기이다. 큰 재미
도 없고, 크게 의미도 없는 이 이야기들이 그러나 나에겐 어떤
힌트가 되었다. 오랫동안 나는 글을 쓰는 동안 사라지는 현재의
실감이 늘 아쉬웠다. 이야기 속으로 빠져들어가 몇 일, 몇 달을
보내는 동안 나의 현재는 엉망이 되기 일쑤였다. 그래서 아예
소설작업을 하지 않으련다는 다짐도 여러번 있었다. 그런데 이
소설들을 쓰면서는 현재를 충분히 누릴 수 있었다.

우리가족은 서너 해 전에 오래 살았던 지역을 떠나와 새곳에
자리를 잡았다. 지금 우리가 살고 있는 이곳은 웅진백제의 도읍
지였던 곳이다. 이곳에 온 뒤로 나는 종종 아무 근심 걱정없이
엄마의 치맛자락을 잡고 산으로 들로 엄마를 따라다니던 어린
아이를 만나곤 한다. 흙냄새와 꽃향기와 새소리가 그 시절로 나
를 냉큼 데려다주곤 한다.

그리고 햇살이 있다. 겨울이면 난로를 쫸 듯 따스하고 여름이
면 살갗을 까맣게 태우는 이 햇살은 성인이 된 후 아주 잊고있
던 쨍쨍함이어서 요즘처럼 더운 날이면 어디 물가로 가서 이 햇

살과 함께 첨벙대고 싶어진다.

하지만 그럴 수가 없다. 세계적인 전염병은 이 나라 이 지역 까지 스며들어 한사코 우리들을 집의 테두리 안에 놓고 말았다. 재택이 다반사다 보니 집을 고치고 자신에게 쾌적하게 꾸미는 사람이 많아졌다고 한다. 이제 집이 제대로 대접을 받는 때가 온 모양이다. 재산의 축적 도구가 아니고 여관방처럼 잠만 자는 곳도 아닌 삶의 가장 중요한 곳이란 생각을 많이들 하는 것 같 다. 물론 이것도 배부른 소리로 들릴 수 있을 것이다. 남의 집을 세내어 사는 사람은 마음대로 집을 고칠 수도 없다. 하물며 집 이 아닌 거리에서 이 어려운 시절을 견디어 내는 사람들도 많 다.

셋집을 전전하던 우리가족은 집 하나를 장만했다. 너무나 운 이 좋았고 고마운 손길들이 있어 가능했다. 내 집이 있었으면 싶었지만 그걸 가지겠다고 아등바등해봤자 가능하지 않았기에 이 집은 그냥 선물 같기만 하다. 집이 생기니 더는 이사를 하지 않아도 된다는 게 우선 좋았고 다음은 맘대로 집을 고치고 꾸밀 수 있는 게 또 좋았다. 무엇보다 마음이 마구 쫓기지 않았다. 천 천히 우리가 어떻게 살아가는지 들여다 볼 수 있었다.

이 책에 묶인 소설들은 그 선물 같은 집을 얻기까지 쓰러지지 않고 어떻게든 삶의 재미를 찾기 위해 협력하는 한 가족의 모습 을 보여주리라 생각한다. 메시지나 형상화는 한참 부족할 것이 다. 그러나 이 소설을 쓰며 나는 소설을 쓰면서도 현재를 잘 누 릴 수 있는 방법을 알아냈으니 그것으로 충분하다. 문학에 입문

할 때 나는 무엇을 꿈꾸었을까? 한국문학, 나아가 세계문학에 기여하는 독특한 작가를 꿈꾸었으려나? 그때엔 그런 꿈도 조금은 있었을 테지만 지금의 나는 내가 있는 자리와 만나는 사람들의 생생함만 구현해도 족하다는 생각이다.

이 어려운 시절, 나의 주변이, 나의 주변의 또 주변들이 모두 건강하게 지내길 바라며.

2021년 초여름
윤이주